깊은 우리 젊은 날

깊은 우리 젊은 날

1판 1쇄 인쇄 2024. 11.12.
1판 1쇄 발행 2024. 11.20.

지은이 함병선

발행인 박강휘
편집 김민경 디자인 박주희 마케팅 정희윤 홍보 반재서
사진 윤송이, 곽기곤, 권민호, 한정환, 함병선
발행처 김영사

등록 1979년 5월 17일 (제406-2003-036호)
주소 경기도 파주시 문발로 197(문발동) 우편번호 10881
전화 마케팅부 031)955-3100 편집부 031)955-320
팩스 031)955-3111

값은 뒤표지에 있습니다.
ISBN 979-11-7332-000-2 (03810)

홈페이지 www.gimmyoung.com
블로그 blog.naver.com/gybook
인스타그램 instagram.com/gimmyoung
이메일 bestbook@gimmyoung.com

좋은 독자가 좋은 책을 만듭니다.
김영사는 독자 여러분의 의견에 항상 귀 기울이고 있습니다.

깊은 우리 젊은 날

함 병 선

깊고 기뻤던

깊은 우리 젊은 날

이토록 빛나던 그늘이여

시작하며

연희동으로 이사를 갔을 때 새로운 동네에서의 시작을 자축하며 식물을 길러보자고 마음먹었다. 처음 부동산을 통해 이 집을 보러 왔을 때 창문을 뚫고 바닥에 새겨지는 노란빛이 마음에 들었다. 해가 잘 드는 곳이라 무엇이든 무럭무럭 자라날 것만 같았다. 이사 온 다음 날 아침, 집 앞 작은 꽃집을 찾았다. 그러고는 눈에 걸리는 식물을 한 번에 고르고 곧장 집으로 데려왔다. 내가 그 식물을 고른 이유는 단순했다. 울창하고, 촘촘히 엮인 초록 잎들이 참 건강해 보였기 때문이다. 이른 새벽 화장실로 향하다 눈이라도 마주치면 어쩐지 내게 힘찬 기운도 줄 것 같았고. 나는 새로운 반려 식물인 피어리스를 전자레인지 선반에 올려두었다. 하필 이름도 피어리스Fearless. 두려움을 모른다. 라. 절묘하게 내 상황과 맞아떨어진다고 생각했다.

6개월쯤 지났을까. 피어리스 옆에 새로운 식물을 들이고 싶어져 평소 식물에 대해 잘 아는 타투이스트 A 형에게 어디에 가면 식물을 둘러보고 살 수 있는지 물었다. 그는 나에게 실제 매장이 아닌 몇 곳의 온라인 사이트를 알려주었다. '아니, 식물을 인터넷으로 살 수 있어?' 나는 처음 알게 되었다. 책 같은 물건이 아니라 식물도 택배 배송이 된다는 사실을 말이다. 그러곤 곧장 사이트에 들어갔다. 그곳에는 정말 많은 식물들, 다양한 나라에서 온 여러 이국적인 식물들이 저마다의 푸르름을 뽐내며 전시되어 있었다. 나는 장난감 가게에 온 아이처럼 호기심이 생겨 이곳저곳을 구경하다 '무늬 싱고니움'에 마음을 빼앗겼다. 초록과 하양의 잎이 마치 물에 푼 물감처럼 뒤엉켜있어 멋스러웠고, 빛을 받으면 잎의 색이 하얗게 변하는, 그 점이 신비로웠기 때문이다. 어쩐지 좋은 기운을 줄 것만 같았다.

나는 곧바로 주문을 완료했다. 그런데 한편으로는 염려가 되었다. 판매점에서 집으로 오기까지의 과정이 순탄치 않은 데다, 갑갑한 박스에 싸여 올 것을 생각하니 마치 내가 식물이 된 것처럼 답답함이 느껴졌다. 하지만 나처럼 이렇게 걱정하는 사람이 많은지 홈페이지에는 판매자의 당부가 적혀있었다. '저희만의 특별한 노하우

로 배송해드립니다. 농장에서 직접 눈으로 보고 만지며 건강하고 예쁜 아이들로만 선별하여 데려오고 있어요. 안심하세요!' 나는 걱정을 떨칠 수 있었다. 그리고 며칠 뒤 도착한 무늬 싱고니움은 정말 설명대로 무사히, 건강한 모습으로 꼼꼼히 포장되어 집에 도착했다. '아니 이렇게 꼼꼼하고 완벽한 택배 시스템이라니! 새삼 감탄하며 조심스레 식물을 포장지에서 해방시켜 주었다. 그렇게 두 번째 식물을 집에 들였다. 이후 분갈이도 하고, 뿌리를 나누어 번식시키기도 하면서 천천히, 식물 기르는 재미를 느끼고 있다. 식물을 돌보는 것은 내 삶의 중요한 일과가 되었다.

그리고 얼마 전, 근 1년 만에 새로운 식물을 들일까 하는 마음에 다시 온라인 매장을 찾았다. 그간 틈틈이 둘러보다 마음에 담은 식물이 있었는데, 그 식물은 '세나 메리디오날리스(애칭, 세나)'로 오늘이 세나를 우리 집에 들일 적기였다. 나는 첫 온라인 식물 쇼핑의 좋았던 기억을 떠올리며 결제를 하고, 세나가 오기만을 기다렸다. 하지만 며칠 뒤 도착한 박스 속 세나는 많이 지쳐있는 모습이었다. 사진 속 건강한 잎들은 모두 시들어있었고, 우수수 떨어지기 직전이었다. 나는 순간 사기라도 당한 듯, 분한 마음이 들어 판매자에게 곧장 연락을 했다. "안녕하세요, 세나 구매자인데요. 식물 상태가 너무 좋지 않아서요. 어떻게 해야 할까요?" 판매자는 곧바로 답했다. "네, 고객님. 세나는 잎을 펼칠 때까지 일주일 정도는 더 지켜봐주셔야 해요. 따뜻한 곳에 두시고요, 떨굴 잎들은 다 떨구게끔 놔두시고 새잎이 나오길 기다리셔야 할 것 같아요. 바람도 잘 쐬어주시고, 낮 동안 빛이 잘 드는 곳에 두어주세요!" 나는 순간 얼굴이 화끈거려 얼른 감사하다는 말을 건네곤 황급히 전화를 끊었다. 식물을 온라인에서 주문하고 배송하는 과정에서 이러한 일이 생길 수 있다는 걸 몰랐던 건가? 그리고 식물의 컨디션이라는 것이 얼마나 섬세하고 예민한데, 이를 물건처럼 여기고 항의부터 하다니… 부끄러웠다. 세나에게도, 판매자에게도. 나는 화분의 위치를 이리저리 바꿔가며 적절한 자리를 찾기 시작했다. 예상대로 시든 잎들은 일주일 내로 다 떨어졌고, 일부 남아있던 잎은 생기를 찾아갔다. 세나는 밤새 잎을 웅크리고 있다가 낮이 되면 활짝 펼치는, 신기한 모습의 친구였다.

인생의 과정이나 지난 일들을 떠올리고 마주하며 내가 이곳에서 어떻게 발붙이며 살아가는지, 두려워 덮어두었던 아픔이나 사랑해 마지않는 순간들은 어떠했는지, 기억의 근처에서 용기를 내 하나씩 주워오고는 했던 것들을 이 책에 담았다.

글을 쓰고 있는 지금, 문득 책이 온라인 사이트에서 구매하는 식물 같다는 생각이 들었다. 한 사람의 시작부터 오므렸다, 펴졌다를 반복하는 약하지만 푸르른 잎사귀 같은 인생이 담겨있고, 만개부터 시들기까지의 면면이 담겨있기 때문이다. 10년이 넘는 음악 생활을 하며 나를 품어주고, 사랑해주었던 사람들의 이야기와 음악의 원천이 되었던 감정들에 대해 피하지 않고 똑바로 마주하고 쓰는 일은 생각보다 겁나고 두려운 과정이었다. 이 기록은 이제 영원히 나를 따라다닐 것이므로.

어쩌면 당신이 이 책을 주문하고 펼쳤을 때 당신이 원한 나의 모습이 아닐 수 있다. 잎사귀를 떨구고, 새로운 가지를 뻗기 위해 아직 안간힘을 쓰고 있는 못난 모습일 수도 있다. 나는 당신의 사랑이 더 많이 필요한 사람이다. 이 책을 통해 그저 나의 음악과 글이 내가 세상을 사는 용기였음을, 기억해주길 바란다. 특히 사람들 속에 섞여 발붙이며 살기 위해 고민하고 망가졌던 순간을 기억해주고 가만히 쓰다듬어주면 좋겠다.

쓰기 덕분에 기억의 근처를 맴돌고, 다시 기억 속으로 들어가 많은 사람들과 순간을 만났다. 못 했던 말을 건네기도 하고, 함께 눈물 흘리며 많은 이야기를 나누기도 했다. 한 가지 바라건대, 이 책을 읽는 당신과 언젠가 만나 글에 대해 이야기 나누었으면 좋겠다. 서로에게 너그러운 미소를 보이면서. 끝으로 언제나 사랑하시라고 말해주고 싶다. 그리고 나의 용기를, 사랑을, 피우는 이 순간을 읽어주셔서 감사드린다고도.

노래하는 일이든, 글로 적어내는 것이든
결국에는 당신에게 향하는 중입니다.

초겨울, 함병선 드림.

아무것도
모르고
일렁이던
계절

1부

디스코그래피

밴드 보컬로 음악을 시작한 지 20년이 넘었다. 세월보다 놀라운 점은 밴드 결성 당시의 멤버 정원중(기타), 황성수(베이스)와 여전히 함께라는 것이고 그사이 우리의 이름이 몇 차례 바뀌었다는 것이다. 처음엔 정원중의 아버지께서 작명해주신 '출입금지'로 시작해 젊은 날의 치기로 악쓰고 뛰어다녔던 '로켓 다이어리'를 지나 현재는 밤을 좇는 이야기를 담는다는 의미로 '위아더나잇'이 되었다.

우리는 꾸준히 음악을 발표했다. 이유는 별것 없었다. 음악을 하는 사람이니 음악을 발표하는 일이 당연했고, 때마다 새로이 하고 싶은 이야기가 생겨나 끄적이고 불렀다. 삶과 마음이 막막할 때 그 상황을 돌파할 길은 신곡을 자주 내는 거라고 생각했다. 창작물이 쌓이다 보

면 더 많은 이에게 우리의 음악이 도달할 것이고 그 과
정에서 새로운 가능성이 열릴 거라고 믿었기 때문이다.
우리는 일기를 쓰듯 데모곡을 만들어냈다. 2015년부터
적어도 1년에 서너 개의 신곡을 발표하고 그것을 모아
정규 앨범으로 냈다.

이 과정은 쉴 틈 없이 이어졌다. 곡에 대한 반응이 없어
도 다음, 오로지 그다음 계획으로 돌입했다. 때론 곡이
발표되기도 전에 달력에 동그라미를 그려놓았는데, 그
건 발매 날짜를 의미했다. 좋은지, 나쁜지 알 수도 없는,
언제 완성될지 모르는 곡의 발매일을 못 박아두는 건 음
악 하는 동료들이 섣불리 택하지 않는 방식이었다. 그
도 그럴 것이 하루에도 수십 번 곡에 대한 감상과 평가
가 바뀌고, 녹음 하루 전날 가사를 수정하는 일도 빈번
했으며, 후반 작업 중 갑자기 마음이 바뀌어 곡 자체를
없애버리는 일도 왕왕 있었기 때문이다. 과연 이게 맞는
건가, 하는 물음이 끊임없이 떠올랐지만 우린 그에 대한
대답은 미뤄둔 채 계속해서 동그라미를 그려나갔다.

그 결과 무려 1년 치의 발매 일정이 잡혔고, 우린 마감
일정을 절대 어기지 말 것을 최우선 과제로 두었다. 바
람직한 상황은 아니었다. 그럼에도 고수했던 건, 어떻게
든 우리 음악을 더 많이 듣게 하자는 목적이 있었고 현
재 상황을 탈출할 수 있는 묘책 같은 거라고 믿었기 때

문이다. 결과를 장담할 수는 없었지만, 불안하지 않았다. 다작을 통해 우리는 성장하고 있었다. 꽤 변덕스러운 음악 취향을 가졌던 난 전보다 다양한 시도가 가능해져 그간 품었던 음악적 갈증을 해소할 수 있었고, 리스너들과 지속적으로 통해있는 듯한 공백 없는 대화로 외롭지 않았다. 항상 현재를 살아가는 듯한 느낌이 들었다. 어쩌면 내내 바라왔던 일이었다. 좋건 나쁘건 모든 반응은 우리가 음악을 지속할 수 있는 가장 큰 힘의 원천이 되었다.

그리고 1년쯤 지났을까. 디스코그래피가 늘어날수록 우리의 다음 이야기를 기다려주는 사람들도 늘기 시작했다. 그 무렵 우린 독립 음반사 '빅웨이브 뮤직'을 차려 자생할 길을 모색했다. 300만 원을 가지고 시작한 회사였다. 거대 뮤직 비즈니스 시장에 뮤지션이 아닌 사업자로 발을 디디는 것 자체가 자칫 무모할 수도 있는 결정이었다. 하지만 우린 일순간 대중의 관심을 받아 무섭게 타오르는 것보다 지속적으로 음악을 할 수 있는 환경이 조성되는 것이 중요했다. 언제라도 돌아올 수 있는 집 같은 안식처가 필요했다. 우린 그간의 경험을 살려 음반 제작과 홍보, 마케팅, 공연 등을 자체적으로 기획하고, 수행해나갔다. 빠르고 세련된 모양새는 아니었지만 제대로 가보자며 서로의 손바닥을 포개 올렸다. 사업자등록증이 생긴 후 처음 발표한 곡은 〈깊은 우리 젊은 날〉이었다. 녹음은 집에서 이루어졌고, 200만 원의 제작비를 들여 뮤직비디오를 찍었다. 반응이 올 거라고 기대하지 않았다. 후렴 직전까지 피아노와 목소리로만 구성된 데다, 이전까지 발표했던 곡과는 결이 달랐기 때문이다. 전작들과 비교하면 '정적'이라고 해도 과언이 아니었다. 난 이 곡의 가이드를 만들며 많은 날 눈물을 흘렸다. 내 안의 혼란과 슬픔 그리고 야속하게까지 느껴졌던 삶의 찬란한 풍경들이 무수히 떠올라 감정을 주체할 수 없었다. 곡을 발표하고 작은 카페에서 첫 라이브를 했을 때, "앞으로 무대에서 이 노래를 부를 일이 있을지 모르겠어요. 솔직한 마음을 담았습니다"라고 조용히 말하곤 긴장된 마음에 끝까지 눈을 감고 노래를 불렀다. 그리고 정말, 다시는 무대에서 부르지 않겠다고 다짐했다.

우려와 달리 〈깊은 우리 젊은 날〉은 그간 우리가 발표한 곡 중 가장 많은 하트를 받은 곡이 되었다. 발매 직후엔 이전 곡들과 반응 속도가 별반 다르지 않았지만 시간이 흐를수록 공감들이 차곡히 쌓여갔다. 그리고 지금까지 공연장에서 가장 많이 부른 우리의 대표곡이 되었다. 나는 이 경험을 통해 음악 속에 뭘 담아내야 할지 조금은 알게 되었다. 내밀한 감정이라 여겨 꽁꽁 숨겨왔던 것들은 노래로 만들어져 누군가의 하루 속에 날카로이 파고들었다가 다시 환호로 돌아왔지만, 일부러 치장해 내보이려 한 이야기들은 그 누군가의 속으로 스미지 못하고 스러질 뿐이었다. 이 깨달음은 내 삶에도 지대한 영향을 끼쳤다. 내가 그 누가 되지 않아도 된다니, 참 다행인 일이라며 내가 나 자신으로 사는 것이 가장 성공하는 길이라는 걸, 그렇다면 나도 내일을 기대해볼 수 있지 않을까 하는 희망마저 품게 됐다. 다시 오랜 꿈을 꿀 수 있을 것만 같았다.

169곡. 현재까지 나와 우리의 디스코그래피다. 인지도에 비해 많은 곡을 발표한 편이다. 언젠가 우스갯소리로 지인인 도사킴에게 이런 말을 했다. "아마 저는, 언젠가 세상에서 가장 천천히 성공하는 뮤지션으로 기록될 수도 있을 것 같아요."

여전히 분주한 날들이다. 다음 달 발매할 곡의 자료를 막 넘겼고 연말 소극장 공연을 기획 중이다. 성공에 대한 확신은 여전히 미지수이다. 그러나 하나는 확실하다. 내가 존재하는 한 디스코그래피는 계속되리라는 것. 언제라도 돌아갈 집이 마음속에도 생겨났다. 이름을 바꾸게 되는 일이 또 있으려나. 아마 당분간은 없을 것이다. 계속 솔직하게 들려주고 싶은 밤의 이야기가 많이 남아 있기 때문이다.

캐롤라인 음악사

일산에 거주하며, 음악에 관심이 좀 있고, 음악 좀 듣는다고 자평할 정도의 사람이라면 '캐롤라인 음악사'에 대해 한 번쯤은 들어봤을 것이다. 이곳은 음반사로 주인아저씨는 국내외 가장 핫한 음악부터 인디 음악까지, 가장 빠른 입고와 감각적인 큐레이팅 실력을 자랑했다. 이곳에 가면 난 항상 활기가 넘쳤는데, 반면 막상 음반을 구입하려면 꽤나 많은 용기를 내야 했다. 한정된 예산 안에서 살 수 있는 앨범의 수는 정해져 있었고, 음원 스트리밍이 존재하지 않던 때라 수록곡 전체를 미리 들어 볼 수 없었기 때문이다. 그래서 음반을 살 때 나만의 결정 방식이 있었다.

먼저 음악 잡지 〈핫뮤직〉에 음악 평론가가 추천한 앨범인지 그리고 뮤직비디오가 나의 취향인지, 재킷 디자인

은 어떤지, 음반 재킷에 붙은 홍보 스티커가 자신만
한지를 눈여겨보았다. 지금 생각하면 홍보 스티커에 있
는 문구 따위 철저한 상술이지만, 10대의 나는 "파괴적
이고 강렬한 사운드를 담은 올해의 문제작!" 같은 이런
자극적인 문구에 마음을 홀랑 빼앗겼다. 하지만 제아무
리 홍보 문구가 강렬하다고 하더라도 주인아저씨의 추
천이 없다면 절대 그 음반은 나와 함께 집으로 가지 못
했다.

힙합에 빠져있던 나는 어느 날 매장 문을 열고 들어가
말했다. "아저씨, 빡세고 멋있는 거 있어요?" 아저씨는
'저거 또 왔네' 하는 표정이셨지만, 고개를 끄덕해 보이
시곤 음반을 주르륵 뽑아 오셨다. 수도 없었지만 기억
나는 몇 명의 아티스트만 추려보자면, 아래와 같다.

우탱 클랜 (Wu Tang Clan)
비스티 보이즈 (Beastie Boys)
사이프레스 힐 (Cypress Hill)
레이지 어게인스트 더 머신 (RATM)
림프 비스킷 (Limp Bizkit)
콘 (Korn)

어쩌면 이때부터였던 것 같다. 막연하게 마음속에 무언

가가 자라나기 시작한 날이. 남들은 모르는 나만의 은밀한 취향이 시작됐던 날. 열네 살, 하굣길 집 앞에 우두커니 서서 새 음반의 비닐을 벗겨낼 때의 그 떨림과 반짝거려 영롱하기까지 한 CD를 조심스레 꺼내 플레이 버튼을 누르고 1번 트랙이 시작될 때까지 찰나의 정적을 숨죽여 기다렸던 날. 마침내 음악이 흐르기 시작하면, 그 커다란 감격이 너무도 강렬해 '10분만 더'를 마음으로 외치며 집으로 들어 가지 못하고 온전히 음악에 몰입했던 그때. 그 순간의 설렘을 잊을 수 없다. 음악이 너무 좋아서 언젠가 나도 저렇게 될 수 있을까, 매일 저 먼 시간의 나를 떠올려보던 날이 아직도 생생하다. 그전까지 나의 유일한 낙은 학교 점심시간에 빨리 밥을 먹고 축구하는 거였는데.

탈출구 같았다. 지구에 없는 그런 것. 그냥 음악을 주변에 두고 그 비슷하게라도 살 수 있다면, 내가 정말 그럴 수만 있다면 아무것도 필요 없겠다고 생각했다. 지금까지의 외로움도 다 떨쳐버릴 수 있을 것 같다고. 이제 와 생각해보니, 삶이라는 것을 살기 시작한 것이 그때였던 것 같다.

음반사는 없어졌다. 모두가 MP3 플레이어를 주머니에 넣고 다닐 때쯤, 혹시나 해서 찾아간 그곳은 치킨집으로 바뀌어 있었다. 언젠가 음반사 아저씨를 만나면 이런 말을 하고 싶다. "아저씨가 여러 사람 망친 거 아세요?" 그래서 감사하다고. 덕분에 이렇게 좋아하는 일을 하며 살고 있다고.

친구가 물었다.

"너는 평소에 화나는 일이 없어?
표정의 변화가 없어서 무슨 생각하는지 잘 모르겠어."

"그런가. 글쎄, 별로 화내고 싶은 일이 없어."

친구는 이해가 안 된다는 듯 쳐다봤다.

'그런데 있잖아. 실은 화내지 않는
이런 내 모습이 좋아서 선택하는 거야. 매 순간.'

아무것도 모르고 일렁이던 계절 ⒈부

미소가 예쁜 사람

미소가 어찌 그리 예쁜지. 질투심이 났다. 저 사람은 어떻게 저런 표정을 지을 수 있을까. 분명 꾸며낸 것이 아닌 것 같았다. 친구와의 저녁 약속을 앞두고 시간이 남아 잠시 들른 카페였다. 처음 방문하는 곳이라 커피를 주문하고 주변을 천천히 둘러보는데, 오른쪽 건너편 테이블에 자리 잡은 한 여자의 표정에 내 시선이 멈추었다. 그는 일행과 대화를 나누고 있었다. 혹시 내가 쳐다보는 시선이 전해질까 금세 고개를 돌렸다. 분명 저런 표정을 어디서 본 것 같은데. 아는 사람은 아니고…. 커피를 가져와 자리를 잡고 생각을 이어갔다. 저렇게나 활짝 웃는 사람의 표정을 오랜만에 본 것 같았다.

이름도, 무엇도 모르는 타인임에도 어째서인지 여유와 평온, 그리고 인간만이 가질 수 있는 몇 안 되는 아름다움 같은 게 느껴졌다. 이성적 호감으로 남는 잔상과는 달랐다. 금세 온 마음이 슬퍼졌기 때문이다. 실은 나도 모르는 새 주눅이 든 듯했다. 정말이지 내가 저런 미소를 지었던 적이 있었던가? 기억도 나지 않았다. '노력하면 나도 저런 미소를 가질 수 있을까. 아냐, 난 나 자신도, 타인도, 무엇도 마음속에 들일 수 없는 이방인이잖아. 그래서 자꾸만 주변 사람들을 불행하게 만드는 것 같다고. 난 재미없는 사람이고, 부정적이고, 대화가 시도 때도 없이 끊기는 그런 사람이잖아.'

예고 없이 초라해졌다. 하루에도 수없이 기분이 미끄러지고 스스로를 미워하는 일은 이제 익숙함을 넘어, 내 영혼의 일부라 인정하는 터이지만, 역시 이런 기분은 언제나 생소하고 별로다. 억지로라도 긍정적인 면을 떠올려보자면, 이러한 오르내림의 순간들은 나를 더 참을성 있고 배려심 있는, 동그란 사회적 구성원으로 성숙시켰다고 할 수 있다. 하지만 속마음을 들키는 것에 대한 두려움도 갈수록 불어나 매사에 무겁고 표현이 인색하고 소심한 사람이 되어버린 것도 사실이다. 나는 찌질한 이런 나의 모습이 정말이지 싫다.

나는 식당에서 반찬을 더 달라고 말하기 어려워하는 사람이다. 요청하기 전에 몇 번이나 말을 고르고, 마음의 준비가 끝나면 종업원의 동선을 수차례 확인한 후 눈치를 보고 차례를 기다려 나름의 시뮬레이션과 망설임 끝에 마침내 의견을 전달한다. 성격이 급한 친구는 이러한 내 성향을 알기에, "여기 깍두기 좀 더 주세요"라고 타이밍을 가로채 소리친다.

지나치게 타인의 눈치를 보는 성격 탓에, 때론 친구들의 과감한 면이 대단해 보일 때가 있다. 타인에게 무언가를 부탁하고, 얻어내야 하는 일이라면 더욱 그렇다. 내가 생각하는 적절한 타이밍이라는 것이 존재하기에 그것이 맞아떨어져야 마음이 편하다. 꽤 오랜 시간과 노력이 수반되더라도 말이다. 누군가에게 쉬운 일이 나에게는 너무 어렵다.

이런 성향은 가끔 찌질함으로 이름 매겨지는데, 이것이 연애 실패의 원인으로 작용하기도 한다. 어쩔 수 없는 상황이 반복되고 상대를 답답하게 만들 때면 나는 웃으며 "미안해, 고쳐볼게"라고 말하고, 그때마다 다시 한번, 더 빨라지자고 다짐한다. 이럴 때면 정말이지 마음이 꼭 반쪽이 된 것만 같다. 언제까지, 어디까지 채워야 하는 걸까. 어떻게 해야 이 지겹고 답답한 굴레를 벗어날 수 있을까. 시도 때도 없이 기분이 땅속으로 가라앉을 때면 어떻게 해야 할지 모르겠다. 좋은 기분이면 옳아도 상관없지만, 이 기분이 내가 좋아하는 사람에게 옮겨 간다면 그건 정말 최악인데.

친구와의 약속 시각까지 20분 정도 남았다. 만나기로 한 곳까지는 걸어서 7분 정도가 걸린다. 제법 쌀쌀해진 가을 날씨 탓에, 친구와 난 막걸리와 전 한 장을 시켜 먹고 수제비로 마무리하자는 계획을 세웠다. 오랜만에 동네를 벗어난 외출에 새로 산 재킷을 꺼내 입고, 강변북로를 지나는 버스 안에서 라디오헤드Radiohead의 음악을 들었다. 한강이 보이고 〈No Surprise〉가 흘러나올 때 나도 모르게 흥얼거렸다. '날씨가 왜 이리 좋지. 여름 다음은 무조건 가을이야. 만약 바다가 세상에 존재하지 않았다면 계절 중 1등은 무조건 가을이었을 텐데.'

기분 좋은 상념을 멈추자 비로소 주변의 웅성대는 소리가 들려온다. 이른 퇴근길에 나서는 중년 남자, 교복 차림의 하굣길 학생들, 삼삼오오 모여 술집을 찾는 사람들까지. 모두가 조금은 상기된 표정으로 각자의 행선지를 향해 발걸음을 재촉하고 있다. 분주한 마음이 내게도 전해지자 덩달아 내 마음도 조급해졌다. 약속 장소에 도착해 담배 하나를 꺼내 물고 주변을 둘러보는데, 저 멀리 익숙한 얼굴이 나를 향해 다가온다. 실실대며 다가온 친구는, 언제 왔냐며 인사를 건넨다. 이내 그는 심각한 표정으로 "나…. 여자친구랑 헤어질 것 같아"라고 말을 이었다. 나는 꺼냈던 담배를 도로 집어넣곤 가게로 발길을 돌렸다. "아니, 나 여자친구랑 헤어질 것 같다고." "야, 됐고. 여기 막걸리가 스무 가지 맛이나 있대. 오늘은 제대로 주문할 테니 지켜봐줘." 그날 몇 가지 맛을 맛봤는지 제대로 기억나지는 않는다. 다만, 여러 번 주문에 성공했다는 기억만이 있을 뿐.

당신과 나의 순간

얼마 전 신곡을 소개하는 블로그에 내 어린 시절 사진이 필요하다고 해서 장롱 구석에 잠자던 가족 앨범을 꺼냈다. 난 어린 시절에 대한 기억이 없는 편으로 대략적인 느낌만 존재할 뿐, 특별히 나빴던 것도 좋았던 것도 없다. 그때의 난 부모님이 하라는 대로 따르던 매사에 감흥 없는 아이였다. 굳이 꼽자면 만화책과 비디오가 새로 들어오는 날과 일요일 아침 일찍 일어나 TV 보는 것을 좋아하는 정도였다.

심심하게 사진들을 훑다보니 여름쯤으로 보이는 어느 날, 물가 앞에 서서 삐죽 웃는 내가 눈에 띄었다. 다섯 살쯤 되어 보였다. 이 사진을 쓰면 되겠네, 라고 생각하는 찰나 문득 사진을 찍고 있었을 부모님 표정이 궁금해졌다. 둘은 어떤 마음이었을까. 지금의 나보다 젊고 더 빛났을 나이, 두 사람의 삶에서 이날은 어떤 날이었을까. 행복한 날이었을까.

아직 아이를 가져본 적이 없기에 전혀 짐작할 수 없었지만 사랑하는 사람과 2세를 갖고, 그 아이가 우리 앞에 서있는 장면을 상상하니 단지 행복이라 적기에는 모자란, 뭐라 표현하기 어려울 만큼의 까마득한 벅참이 느껴졌다. 정작 그 자리에 선 아이는 절대 알 수 없겠지만, 부모에겐 함께하는 그 순간이 마치 햇살을 처음 보는 것 같은, 눈부신 장면이었으리라.

엄마는 여전히 나의 끼니를 걱정하고, 아빠는 차 조심하라며 염려를 보내온다. 거기에 살가운 반응은커녕, 나는 내 나이가 몇인데 아직도 그런 소리를 하냐며 핀잔을 놓는다. 그런데 별생각 없이 꺼내든 옛 사진을 보며 이러한 감흥을 느끼는 내가 사뭇 낯설다. 어쩌면 나이가 들어 감정의 폭과 상황을 바라보는 시선이 변하고 있는 걸까. 예전에는 보이지 않던 세상이 요즘 들어 이처럼 바늘로 콕 찌르듯 따갑게 다가올 때가 있다.

몇 년 전부터 타인을 바라보는 시선이 점점 변하고 있다는 생각이 든다. 나는 세상에는 두 가지 유형의 사람이 있다고 믿었다. 나와 나눌 수 있는 감정의 접점이 있는 사람과 없는 사람. 나와 다르다고 느끼면 그 사람과 함께하는 순간이 감정 낭비라고 생각해 말을 아꼈고, 그 사람과의 접점을 찾거나 이해하려 들지도 않았다. 이해라는 행위 자체가 나에게는 어려웠기 때문이다. 그런데 이러한 불통이 요즘 들어 줄기 시작했다. 다른 이들의 모습에서 자꾸만 내 모습이 묻어나 보였기 때문이다. 덕분에 도통 말이 통하지 않던 이에게도 이젠 '나도 저럴 때가 있었지' '저 상황에선 나도 그럴 수 있을 것 같아'라며 고개를 끄덕일 수 있는 여유가 생겼고 생판 모르는 이의 사연에 눈물을 흘릴 줄도 알게 됐다.

엄마와 아빠에 대한 시선도 자연히 이동했다. 단순히 부모로서가 아닌 남자와 여자, 혹은 친구, 인간 대 인간으로서의 면을 생각하게 된 것이다. 엄마는 어릴 때 어느 동네에서 자랐고, 아빠가 살던 시대의 경제적 힘듦은 어떠했는지, 둘은 어떠한 꿈을 가진 젊은이였는지 그들의 풍경을 종종 떠올렸다. 내가 느끼는 괴로움이나 외로움, 두려움, 아픔보다 더했으면 더했지 덜하진 않았으리라. 나를 바라보고 있던 그 여름의 한 조각이 그들에겐 어떤 순간으로 남아있을까.

열일곱, 위아더나잇

고등학교에 입학하기 전, 그러니까 열일곱 살이 되던 해 학교 홈페이지를 기웃거리다 '밴드 보컬 구함'이라는 제목의 게시글을 발견했다. 그 안에는 '함께 음악 할 사람을 찾습니다. 앞으로 우린 이런 음악을 할 거예요'라며 글쓴이의 음악적 방향성이 담긴 뮤지션 목록이 잔뜩 적혀있었다. 목록을 훑어본 나는 그의 취향을 한 번에 알 수 있었다. 모두 나의 플레이리스트에 있는 이름들이었다. 나는 그에게 곧장 메일을 보냈다. 밴드 보컬을 어떻게 하는 건지는 모르겠지만 내가 하고 싶다고.

그렇게 나의 일상은 그날을 기점으로 새로운 날을 맞기 시작했다. 사실 돌이켜보면 나는 노래에 재능이 있다거나, 내재된 끼가 넘치는 남다른 재능의 소유자도 아니었다. 그렇기에 내가 도전장을 냈다고 했을 때 친구들과 가족 모두 진지하게 여기지 않았다. 모두에게 그저 한순간 지나갈 청소년의 치기 어린 시도 정도로만 여겨졌을 뿐. 하지만 내겐 이상한 믿음 같은 것이 있었다. 언젠가 내 목소리를 사람들에게 들려줄 수 있을 거라고. 그때가 오고 있다고.

'내가 이 일을 얼마나 진지하게 생각하고 있는지, 이 깊이를 당신들은 정말 몰라. 난 이룰 거야. 꼭.'

공고 글을 올린 건 지금도 우리 팀에서 기타를 치고 있는 열일곱의 정원중이었다. 그는 마르고 키가 큰, 까만 뿔테 안경을 쓰고 말수가 적은 친구였다. 그는 꽤 진지한 얼굴로 "우리의 첫 목표는 가을에 있을 학교 축제 무대에 서는 거야. 그리고 자작곡을 만들어서 홍대로 가자. 인디 밴드가 되는 게 내 꿈이야." 그의 눈이 반짝였다. 베이스와 드럼 멤버가 없던 우리는 주변 친구들을 수소문했고, 얼마 지나지 않아 학교 내 다른 밴드에서 베이스를 치던 황성수를 만나 본격적인 밴드의 형태를 갖추기 시작했다. 우린 방과 후면 모였고, 종일 분주했다. 고등학생이 되었다는 시간의 낯섦을 느낄 새도 없이, 목표에 점점 가까워지는 우리의 모습을 느끼고 그렸다.

드디어 인생 첫 무대였던 가을 학교 축제 당일, 우린 드
렁큰타이거의 〈너희가 힙합을 아느냐〉를 록 버전으로
편곡해 불렀다. 나는 내 심장 소리가 너무 커 노래하는
내 목소리가 제대로 된 음을 내고 있는지, 관객에게 괜
찮게 들리고 있는지 살필 틈이 없었다. 그 순간은 관객
의 표정이나 환호 소리도 모두 사라지고 오롯이 머나먼
우주에 홀로 서있는 기분이었다. 무대에 서있는 5분 동
안 이제껏 한 번도 느껴보지 못한 감정에 휩싸이고 말
았다. 그렇게 정신이 반쯤 나가서는 무대에서 내려와
계단에 털썩 주저앉았다. 곧 첫 공연을 잘 해냈는지 망
쳤는지는 상관없이 나는 그토록 바라던 무언가를 이루
었다는 소감에 벅차올랐다. 내 마음속에 '뮤지션'이라는
꿈의 씨앗이 막 싹을 틔우고 있었다. 그리고 그 꿈이 무
럭무럭 자라 언젠가 꽃피우기를 매일 밤 상상하며 잠에
들었다.

우리의 다음 목표는 홍대 라이브 클럽에서 공연하는 것
이었다. 쉬는 시간마다 노트를 펴고 가사를 적었다. 연
습실에 모여 무작정 멜로디를 흥얼거리며 울퉁불퉁한
각자의 퍼즐들을 맞추며 다듬어갔다. 그렇게 완성된 우
리의 첫 자작곡 제목은 〈Where's My Home〉. 고등학
교 2학년이 되던 해, 우리는 라이브 클럽 '드럭'에서 그

렇게 꿈꾸던 인디 밴드로서의 활동을 시작하게 되었다. "그때 우리 밴드 이름을 왜 '출입금지'라고 지었지?" 위아더나잇 10주년을 축하하며 만난 술자리에서 멤버들에게 물었다. 정원중이 답했다. "우리끼리 팀명을 지으려고 한참을 고민했었는데 마음에 드는 게 없었거든? 기억나는 후보 중 하나는 'CCTV'라는 것도 있었고…. 그런데 아버지가 '출입금지' 어떠냐고 하시더라고. 그때는 그 이름이 굉장히 멋있다고 생각했어. 모두 괜찮다고 동의했었고 말이야." "아버지도 참 특이하셨어." 나는 그때를 떠올리며 대꾸했다. "자, 이제 위아더나잇이 10주년이 되었으니까. 새로운 10년을 어떻게 보낼지 고민해봐야 할 것 같아. 단순히 오래 활동했다는 게 그렇게 축하할 만한 일도 아니라고 생각하고…. 나이 들어가는 걸 우리가 피할 수는 없지만 멋있는 사람들이 모여 활동하는 밴드가 되어 봅시다. 더 좋은 어른으로 성장해봅시다."

다음 날 열어본 휴대폰에는 기억나지 않는 서로의 모습들이 사진으로 남겨져있었다. 그때 열일곱의 우리처럼, 자유롭게 웃고 있는 모습으로.

조금만 있으면

"어쩌다 보니, 이렇게 되어버렸네."

엄마는 조금만 참으면 된다고 했다. 그리고 이렇게 되어서 미안하다고 덧붙였다. 엄마는 작은 메모지에 주소를 하나 적어주며 학교를 마치면 이곳으로 가라고 했다. 새로 진학한 학교에서 버스를 타고 가끔 지나치던, 그리 낯설지 않은 곳이었다. 밴드에 흥미를 붙이던 시기 집안 사정이 안 좋아지더니, 결국 살고 있던 집에서 나올 수밖에 없었고, 아빠와 나는 한 평짜리 고시원으로 들어가 살게 되었다.

엄마는 외갓집에서 지내며 외삼촌이 운영하는 경기도 안양시의 '초록 가든'이라는 염소 고기 음식점에서 일하며 급한 대로 생계를 이어나가기로 했다. 우리는 2주에 한 번 만나기로 하고 그렇게 흩어졌고, 엄마는 하루 아침에 가장이 되었다. 아빠는 뇌졸중으로 쓰러졌던 적이 있었는데, 그때문에 당시 건강 상태가 좋지 않아 직장을 그만둘 수밖에 없었다. 그 뒤로 다행히 점차 건강을 회복하고 여러 곳의 문을 다시 두드렸지만, 경력에 비해 보수가 적은 탓에 안정적인 생활은 이어지지 못했다. 아빠는 여러 직장을 전전하게 되었고, 그만두길 반복했으며 불평을 늘어놓는 날이 많았다.

"너희 할머니가 원래 종로에서 알아주는 부자셨어. 그런데 재혼하고 남자를 잘못 만났지. 나는 원래 김 씨인데 어느 날 갑자기 함 씨가 되었어. 그 함 씨 놈이 우리 엄마 돈을 다 가로챈 거야! 이게 다 그놈 때문이야!" 아빠는 자신의 새아버지, 그러니까 나의 할아버지에 대한 원망을 불쑥 꺼내놓는 날이 많았고, 나는 무덤으로 가만히 응시하는 날이 많았다.

고시원은 오래된 상가 건물 3층에 있었다. 계단을 조금 오르니 신발장이 늘어선 입구가 보였다. 문을 열고 들어가자 독서실처럼 생긴 작은 방에서 주인아주머니가 활짝 웃으며 인사를 건네셨다. "오, 너구나? 잘 왔어. 아빠가 오전에 말씀하셨어. 이때쯤 올 거라고. 저 문으로 들어가면 공용 식당이야. 밥솥을 열면 밥은 항상 있고 챙겨 먹으면 돼. 참, 아빠가 김치찌개 끓여놓으셨대. 그 거 냉장고에 있으니까 밥 꼭 먹으라고 하시더라. 혹시 밥 없으면 말해야 한다. 그리고 열쇠는 여기. 잘 지내보 자. 잘생겼네."

대꾸도 하지 못한 채 까딱, 인사를 드리고 열쇠를 받아 방으로 향했다. 낡은 손잡이가 달린 문에 열쇠를 꽂고 돌리자, 침대와 책상이 전부인 창문 없는 사각의 공간 이 펼쳐졌다. 얼른 방문을 닫아버렸다. 복도를 채운 뉴 스 소리, 음악 소리, 통화하는 소리 등이 어지럽게 가슴 으로 파고들었다. 그 소리들은 발끝까지 파고들어 내 안의 반짝이는 무언가를 사정없이 덮어버렸다. 세면 바 구니를 들고 화장실로 향하는 아저씨가 내 옆을 스쳐 지나갔다. '나 또한 소음의 일부가 되어 이곳을 채우겠 구나.' 하는 생각이 들었다. 암울했다.

열일곱의 소년이 따져 극복하기 어려운 감정이었다. 그 저 친구들이 이런 나의 현실을 몰랐으면 좋겠다는 생각 이 들었다. 갑자기 눈물이 터져나왔다. 참아보려고 했 지만 알 수 없는 서러움이 사정없이 흘러나왔다. 아무 에게도 들키고 싶지 않아 소매로 눈물을 찍으며 서둘러 계단을 내려갔다. 뜨거운 눈두덩이를 꾹꾹 눌러가며 정 원중과의 약속 장소로 향했다. 갈 곳이 있다는 게 다행 이었다.

정원중과 나는 뭘 해야 할지 아무런 계획도 없었지만 만나면 좋았기에, 우린 이유 없이 자주 만났다. 목적은 약속 장소에 나오면서 대충 생각할 터였다. 오늘도 나는 무슨 노래를 좋아한다, 너 그 공연 봤어? 같은 이야기를 나누다 대화의 주제거리가 떨어지면 멍 때리며 지나가는 사람들을 구경하겠지. 여전히 별일 없는 눈 익은 거리의 풍경들을 보다보니 마음이 어느새 한결 가벼워져 있었다. '그래, 뭐 어쩌겠어. 기분이 울적할 땐 이렇게 매일 밖으로 나가자. 나가서 시간이 흐르기만을 기다리자. 시답잖은 얘기를 하면서.'

금방 벗어날 것 같았던 고시원 생활은 2년 정도 이어졌다. 울적함은 금세 적응되었고 수업을 마치면 밴드 연습을 하거나 친구들을 만나 몰래 술을 마시기도 했다. 공용 식당이 밤 열두 시까지만 열려있어 늦은 밤 배가 고파도 라면을 끓여 먹지 못하는 게 아쉬웠지만 그곳에서 지내며 다행히도 크게 나쁜 일은 없었다. 그리고 친구들은 내 집이 어디인지 전혀 궁금해하지 않았다. 아빠는 택시 운전을 시작했고, 무언가 원래의 자리로 향하고 있다는 생각이 들었다. 물론 1년 정도 뒤에 그만두셨지만.

가끔 유난히도 추운 날, 고시원 3층의 지독히도 추웠던 화장실이 떠오른다. 샤워할 때면 손가락조차 펴기 힘들었던 그 겨울의 냉기에 한없이 움츠러들던, 앳되고 습관적으로 말을 삼키던 내가 떠오른다. 모두가 고군분투하던 시절, 소년 또한 많은 것을 참아내고 있었다. 그 흔한 투정 같은 것도 사치라고 여겨가며. 외로움이 항상 나를 따라다닌다고 여기며 살게 된 이유도 그 시절의 영향이 컸던 건 아닐까. 열일곱의 병선이 참 많이 삼켰던 말이 문득 떠오른다. '아빠, 사실은 겨울에 샤워할 때 너무 추웠어요. 너무.'

20131224

2013년 12월 24일 화요일 크리스마스이브날, 여자친구와 친구 커플까지 함께 저녁을 먹기로 했다. 크리스마스이브의 이러한 만남은 자연스러운 일이었지만, 사실 나의 상황은 여의치 않은 상태였다. 음악을 하기 위해 돈이 필요했던 나는 평일 열 시부터 다음 날 오전 일곱 시까지 편의점에서 야간 아르바이트를 하고 있었고, 일주일 중 5일을 남들이 자는 시간에 일하다 보니 컨디션이 대체로 좋지 않았다.

여자친구는 물론이고, 지인들과 시간을 보낼 때도 일을 하지 않는 주말에 주로 만나고 있었다. 하지만 이날만은 예외였다. 평소 기념일 같은 것에 무덤덤하게 구는 나에게 여자친구가 단단히 화가 나있었기에, 나는 이날만큼은 기념일 회의론자인 나의 의지 따위는 접어두고 여자친구의 기분을 꼭 풀어주겠다고 마음먹었다. 우리 일행은 합정역 근처에 있는 조개 구이집에서 일곱 시에 만나기로 했는데, 출근을 해야 했던 나는 집을 나서며 생각했다. '두 시간 정도 식사를 하고 일산으로 들어가면 출근 시간과 딱 맞겠구나.'

당시 컴퓨터로 음악을 만드는 미디Midi 작업의 필요성을 느끼고 있었다. 그전까지는 합주를 하면서 실시간으로 가사를 쓰고 멜로디를 만들었고, 마음에 드는 기타 리프가 생기면 기타리스트에게 반복해 연주를 요청하고 그 위에 멜로디를 덧붙여 곡의 뼈대를 잡았다. 말 그대로 아날로그 방식의 작업 과정이었다. 하지만 변화가 필요했다. 당시 난 아이패드에 내장된 기본 애플리케이션인 '개러지밴드GarageBand'를 통해 미디 작업의 기본적인 개념을 익히고 있었다. 이 프로그램은 사용하기 쉽다는 장점이 있었지만 원하는 작업을 하기엔 한계가 있었다. 더욱 섬세한 소리를 만들어내기 위해 기본 장비인 노트북이 필요하다는 생각이 들었고, 마음에 드는 기종을 골라 몇 달간 조금씩 모은 돈과 지난달 받은 월급까지 더해 구입할 계획을 세웠다.

구매 직전까지 더 좋은 가격 조건은 없는지 검색하고 또

검색했다. 그러다 중고 거래 사이트에서 시세보다 30만 원이나 더 저렴한 미개봉 상태의 물건을 발견했는데, 판매자는 사정이 생겨 급하게 처분한다고, 저렴하지만 새것이나 마찬가지이니 연락을 달라는 말을 남겨두었다. 더할 나위 없는 조건이었다. 나는 곧바로 구매 의사를 밝혔다. 그는 연락 온 사람이 많다며, 그중에 가장 먼저 연락을 준 나에게 판매하기로 했다고 말했다. 운이 좋았다는 생각이 들었고, 거래에 앞서 서로 간의 신분을 밝히고 구매하기로 결정했다.

중요한 장비인 데다 고가였기에 직접 만나서 물건을 보고 값을 치르고 싶었지만 뜻밖에도 그는 경남 김해시에 살고 있다며 직접 만나서 전해주기엔 시간과 노력, 비용이 너무 든다고 자신을 믿고 구매하면 좋겠다고 나를 설득했다. 내가 머뭇거리자 그는 자신의 지난 거래 이력을 보라며 걱정 말고, 혹시 못 미더운 거라면 다른 사람에게 팔겠다고 승부수를 던졌다. 잠깐의 고민 끝에 이 정도로 자신 있어 하는데 설마 사기일까 싶어 그의 연락처와 통장 사본 등 다시 한번 신분을 확인하고 물건 값인 120만 원을 송금했다.

「입금했습니다」

「…」

「물건 내일 보내시는 것 맞죠?

「…」

어째서인지 방금까지 신분증을 보내며 거래 성사에 대해 확답을 주던 그는 입금이 되자마자 돌연 입을 닫았다. 설마 사기를 당한 건가, 불안감이 엄습했지만 날이 날인 만큼 상대도 어떤 약속이 있거나 정신이 없을 수 있겠지, 라고 생각하며 기다려보기로 했다. '설마…. 아닐 거야…. 그래. 만에 하나 내일까지 연락이 안 되면 경찰서에 가서 신고를 하자. 신분증도 계좌 번호도 다 있으니까 잡을 수 있겠지.'

개운치 않은 마음을 안고 약속 장소인 조개 구이집으로 갔다. 모두가 웃고 떠들썩한 밤이었지만 음식이 무슨 맛이었는지, 무슨 얘기를 나누었는지 하나도 기억나지 않았다. 모두가 웃기 위해 모인 밤, 나만 온통 그에게 집중하고 있었다. 여자친구가 이런 낌새를 모를 리 없었다. 그녀를 즐겁게 해주러 나온 자리였지만, 다시 또 신경 쓰이게 했다는 사실에 미안함이 몰려왔고 혹여라도 이 좋은 날 그녀가 상심하면 어쩌지 하는 생각에 더 마음을 졸였다. 그런데 그녀는 화를 내기는커녕 "무슨 일 있는 거야? 일이 너무 힘들어서 그래? 야간 알바를 이제 그만두어야 하는 거 아니야?" 하며 걱정해주었다. 그 마음이 너무 고마워 괜찮다고, 미안하다고 얘기하고 다시 식사에 집중하려 했지만 사기를 당했을지도 모른다는 불안감과 몇 달간 아껴 쓰며 모은 돈을 날릴지도 모른다는 두려움이 쉬이 떨쳐지지 않았고, 한편 그녀를 또다시 울적하게 하고 있다는 미안함에 편히 웃을 수 없었다.

이곳에 오기 불과 몇 시간 전까지만 하더라도 이 자리에서 연말의 소회를 풀고 여자친구의 기분을 풀어줄 따뜻한 말을 건넬 생각이었다. 오늘만큼은 맛있는 음식을 함께 먹으며 올해도 고마웠다고, 고생했다고 사실 내 마음은 너무 너를 사랑하고 있다고 말하려 했는데… 두 시간이 어떻게 지나가는지도 모르게 흘렀고, 나의 그 어떤 목적도 이루지 못했다. 연인의 마음을 알아주는 것도, 노트북 구매도.

"조심히 들어가. 난 일 때문에 먼저 갈게."

짧은 인사를 나누고 편의점으로 향하는 버스를 탔다. 후회와 자책이 꼬리에 꼬리를 물고 밤새 이어졌다. 다음 날, 사이버 수사대에 사기 피해 신고를 하고 중고 거래 사이트에 들어가 판매자의 흔적을 추적해보니 어제까지 보이던 글들이 모두 사라진 상태였다. 사기 피해 사례를 알리는 게시판에는 그에게 당한 나와 같은 피해자의 호소문이 여럿 올라와 있었다. 그의 이름은 '박명보'였다. 어쩐지 축구를 잘하고 순박할 것 같은 이 남성에게 당한 피해자는 족히 스무 명은 넘어 보였다. 우리는 단체 채팅방을 만들어 사건 진행 관련 소식을 공유하기로 하고 함께 해결해보자고 결의했다. 하지만 신고 후 들려온 소식은 몹시 절망적이었다. 사기꾼 박명보가 대포통장과 대포폰을 이용해 속였기 때문에 추적이 거의 불가능하고, 이런 경우 검거 확률이 매우 희박하다는 거였다. 우리에게는 그가 제공한 신분증이며 통장 사본 등 추적할 근거가 차고 넘쳤지만 이 모든 게 효력이 없다는 것에 절망했다. 아저씨, 그럼 제 돈은요….

결국 예상대로 사건은 해결되지 못했다. 시일이 지나 '사건 종결'이라는 수사기관의 우편물을 받게 되었고, 서류에는 '더 이상 관련된 수사를 진행하지 않습니다'라고 명시되어 있었다. 혹시나 하는 마음에 마지막으로 사기꾼의 휴대폰으로 전화를 걸어봤지만 역시 답이 없었다.

그렇게 한 3년쯤 지났을까. 어느 날 카카오톡 친구 리스트에 그렇게 간절히 찾던 박명보의 이름이 새로운 친구

목록에 떠있었다. 심장이 두근거렸다. 나는 곧장 메시지를 보냈다.

> 「안녕하세요, 혹시…. 박명보 씨 맞나요?」
>
> ⋮
>
> 「아뇨, 누구시죠?」

그가 정말 맞는지 아닌지는 중요하지 않았다. 그렇게 찾고 싶었던 사람의 흔적을 이렇게라도 볼 수 있다는 게 무언가 해소되는 느낌이 들었다. 몇 해가 지나도록 붙잡고 있던 박명보의 흔적을 그날 지울 수 있었다. 내 인생 첫 사기이자, 가장 기다리고 집착했던 한 남자, 박명보.

하지만 2013년의 겨울을 떠올리면 괴로웠던 나의 모습이나 박명보가 아닌 여자친구의 마지막 표정이 떠오른다. 두 시간의 저녁 식사 동안 나를 물끄러미 바라보던 무거운 표정, 편의점으로 가기 위해 버스를 타고 가는 나에게 손을 흔들던 슬픈 미소…. 그날은 나에게 가장 슬픈 크리스마스이브로 남아있다. 생각해보면 지금까지도 그때가 기억에 강렬하게 남아있는 이유는 그 하루, 그것도 단 두 시간 동안 그녀에게 따뜻하지 못했던, 사랑하는 이의 마음을 다치게 했던 내 못생긴 마음이 떠오르기 때문이다. 벌써 10년이라는 긴 시간이 흘렀지만 말해주고 싶다. 내가 너무 잘못했다고. 아직도 크리스마스이브가 되면 못난 나를 바라봐주던 네가 떠오른다고. 미안했다고.

또또

아홉 살 때 '또또'라는 요크셔테리어 종의 강아지를 키웠었다. 아니, 잠시 머물렀었다가 맞으려나. 당시 완전체였던 우리 가족은 아빠의 후배가 운영하시는 경기도 포천에 위치한 한 계곡에 휴가를 갔다. 엄마는 또또를 혼자 둘 수 없으니 엄마의 지인(나는 그분을 이모라고 불렀다.)에게 부탁하자고 했고, 이모는 흔쾌히 또또를 맡아주었다. 그렇게 휴가를 마치고 또또를 데리러 가는 날, 엄마는 이모네 집에 가지 않아도 될 것 같다고 했다.

엄마는 또또가 죽었다고 했다. 당시 이모 집에는 귀여운 강아지가 세 마리나 있었는데, 모두 또또와 같은 종의 강아지였다. 강아지를 향한 이모의 사랑은 정말 가늠할 수 없을 정도로, 그런 이모를 보고 아빠는 사람도 못 먹는 걸 준다고, 한심하다는 듯 핀잔을 주기도 했다. 이모는 그런 핀잔에도 굴하지 않고 자신의 모든 사랑을 쏟으며 강아지에게 좋다고 하면 무엇이든 구해 강아지들에게 먹이고 입혔다.

또또가 우리 집에 오기 전, 강아지를 너무 좋아했던 나는 가끔 이모네 집에 가 강아지들과 즐거운 시간을 보냈다. 그런 나를 보며 이모는 기특해했고, 가끔 외출하기 전 내가 먹을 음식의 위치를 알려주며 "병선아, 너 혼자 먹어야 해, 강아지에게 절대 주면 안 돼"라며 내 볼에 잽싸게 뽀뽀를 하고는 "윽!" 하고 볼을 닦는 내 표정을 보고 한참 웃고는 했다.

그런데 또또가 죽었다고?
이모가 보살피지 않았을 리 없잖아.
아니 도대체 왜 죽었어. 왜 죽었냐고.

난 실성한 듯 소리치며 울었다.

"왜 죽었어!"

"미안해… 목욕을 하고 드라이를 하는데 갑자기 또또가 기절했대. 병선이 너도 알잖아. 또또가 목욕하는 거 정말 싫어했잖아. 드라이기로 말릴 때마다 어떻게든 빠져 나가서 온 집 안을 뛰어다니던 거. 기억하지? 엄마가 미 안해. 이모가 병원에 바로 데리고 갔는데 죽었대…. 정 말 정말 미안하대…. 우리가 또또 위해서 기도해주자. 응?"

"싫어…. 어떡해. 불쌍해서 어떡해."

처음 겪는 친구와의 이별이었다. 또또랑 노는 것은 만 화책을 보는 것보다 좋았고, 부드러운 수염을 만지면 그렇게 포근할 수가 없었다. '또또가 목욕하는 게 얼마 나 싫었으면 그대로 죽어버린 걸까. 계곡에 데리고 갔 으면 됐었는데. 계곡에 함께 갔으면 이런 일이 없었을 텐데. 거긴 재미도 없고 어른들끼리 술만 마시고. 이모 집에 맡겨서 그렇게 죽은 거야. 다 우리 때문이야.' 그렇게 며칠을 울었다. 겨우겨우 엄마를 졸라 또또를 우리 식구로 받아들였을 때 나는 정말 세상을 다 가진 것 같았다. 또또는 항상 내 옆에서 잠을 잤고, 아빠가 내 방문을 열면 작은 콧잔등을 씰룩거리며 어서 문을 닫 으라고 으르렁거렸다. 난 꽤 오랫동안 엄마와 이모에게 화가 나 있었고 특히 이모가 많이 미웠다. 그 후로 오랫 동안 우리 집에서 강아지를 키우는 일이 없었다.

그러던 어느 날, "있잖아. 사실 또또는 그때 죽지 않았어." 스물여덟 살 때인가, 또또를 잃은 후 20년도 더 지난 어느 날 엄마가 말했다. "뭐라고? 무슨 말이야 엄마." 나는 갑작스러운 엄마의 고백에 놀라 물었다. "또또는 사실…. 네가 그때 알레르기가 너무 심해서…. 강아지를 키우면 안 된다고 소아과 의사 선생님이 그러셔서 이모랑 작전을 짜고 너한테 거짓말한 거야." "아니, 그때 또또가 죽어서 엄마도 울었고 이모도 울었었잖아. 그건 다 뭐고… 아니 또또는 그럼…. 그때 어디로 갔는데?" 나는 안도감과 원망이 뒤섞인 목소리로 따져 물었다. "이모 친구가 데려갔고, 거기서 10년 넘게 살았대. 사실 자세히는 엄마도 잘 모르겠어." 엄마는 그게 최선이었다며, 다 널 위한 거였다고 말했다.

어릴 때 나는 환절기만 되면 사정없이 눈을 비벼대고 재채기를 했다. 눈이 간지러워서 비비지 않고서는 도저히 견딜 재간이 없었다. 엄마는 그때마다 퉁퉁 부은 눈에 얼음을 대주며 손이 눈 주위로 가지 못하게 막았다. 세숫대야에 찬물을 가득 담아 얼굴을 담그기도 하고, 안약을 뿌려 간지러움을 진정시키는 게 일상이었다. 콧물이 놀이터 바닥 모래까지 주욱 늘어지는 것을 보며 친구들과 신기해했고, 자주 눈을 비빈 탓에 눈병도 많이 걸렸다.

"잠깐…. 그러니까 내 알레르기 때문에 그런 거라고? 이거…. 약 한 알이면 금방 괜찮아지는 건데. 그땐 몰랐지만. 그래도 진짜 억울하다. 너무 슬펐는데… 그런데 다행이네. 죽은 게 아니라니. 그런데 엄마, 왜 갑자기 이 얘길 하는 거야? 이모는 어떻게 지내?" "병선아, 있지. 이모가 죽었대. 한동안 연락이 안 됐었는데, 어떻게 하다 다른 동생한테 소식을 듣게 됐어. 무슨 암에 걸려서 항암 치료하면서 살도 너무 빠지고 그래서 연락을 안 한 것 같아. 이모 엄청 예쁘고 멋있었잖아. 너한테 백화점 가서 잠바 사준 것도 기억하지?" 엄마는 눈물을 꾹 참으며 소식을 전했다. 그리고 엄마의 어린 시절, 이모가 본인에게 얼마나 좋은 친구이자 멋있는 사람이었는지, 그리고 얼마나 내키는 대로 살았는지에 대해 들려주었다.

"이모는 이혼도 두 번이나 하고, 남자랑 연애하는 걸 좋아해서 자유롭게 만나며 살았지. 서울에서 술집을 운영했었는데 거기서 돈도 많이 벌어서 비싼 것만 먹었지. 엄마 어려울 때 돈도 꿔주고. 남자한테 사기도 많이 당했지만. 그래도 참 멋진 사람이었어."

또또가 그때 죽지 않고 건강히 살았다는 사실과 이모

가 세상을 떠났다는 사실에 나는 뭐라고 말을 해야 할지 도무지 떠오르지 않았다. 아홉 살 아이의 눈에도 이모는 멋진 사람이었다. 무언가 세련되고, 비밀이 많은 듯한 사람. 담담히 고인의 한때를 얘기하는 엄마에게서 묵직한 슬픔이 전해졌다. 두 사람의 관계가 어땠는지 정확히 모르지만, 분명한 건 둘은 좋은 친구였다는 것. 가끔씩 만나 술을 마셨고, 안주로는 매운 김치찌개를 좋아했고, 무교동 낙지볶음을 좋아하는 식성이 엄마와 닮아있었다는 것. 그리고 가끔 이모네 집에 놀러 갈 때면 복슬복슬한 친구들에게 파묻혀 행복했고, 집으로 가야 할 때면 지갑에서 5만 원, 10만 원을 내 주머니에 욱여넣어 주며 또 놀러와, 병선아, 하고 내 머리를 쓰다듬어 주던 사람이었다는 것.

이모. 나의 겨울방학 이모. 부자 이모. 희진 이모. 익숙하고도 어렴풋한, 아름다운 기억 속의 사람. 많이 아팠겠다. 나는 이제 많이 컸어. 나는 어릴 때 기억이 그리 많이 나지 않는 편인데, 이모에 대한 건 그래도 뚜렷한 편이거든. 너무 좋았으니까. 덕분에 나는 지금도 강아지를 좋아하고 고양이도 좋아하고 동물을 사랑하게 됐어. 그리고 이제…. 나도 강아지 키울 수 있어. 약 먹으면 괜찮더라고. 아, 나한테도 또또 말고 '설'이라는 친구가 있었는데. 그 친구랑 16년간 같이 살았어. 이모가 보면 귀여워했겠다. 그런데 걔는 너무 까불어서 이모도 놀랐을 거야.

있지, 이모. 이모는 내게도 좋은 친구였어.

많이 아팠을 텐데 좋은 데 가서 편하게 쉬어.

그리고 이모. 또또 목욕 잘 시켜줘. 이모, 안녕.

`

하고픈 말이 쌓이면

더 많은 이야기를

할 수 있을 줄 알았지만,

그렇지 않았다.

더 고요해지고 무거워졌을 뿐.

때로는 뱉어낼 줄도 알아야 했다.

아무것도 모르고 일렁이던 계절

몽유병

나는 죽음이 두렵다. 이 두려움은 아주 어렸을 때부터 시작됐다. 언제부터인지, 그리고 무엇 때문인지 막연하지만, 끝에 대한 두려움으로 잠식될 것만 같았던, 발끝에서 머리털까지 온몸을 뒤덮는 공포감에 어쩔 줄 몰라 하던 당시의 기분만은 생생하다. 그리고 지금도 이따금 재현된다.

약속되지 않은 새벽, 언젠가 죽음을 맞이한다는 사실이 불현듯 떠오르면 걷잡을 수 없는 불안이 침대 위로 뿌려진다. 심장 박동이 빠르고 시끄럽게 치솟고, 연신 불쾌한 리듬으로 요동친다. 그 불안감은 쉽사리 사그라들 것이 아닌 걸 알기에 버텨볼 엄두도 내지 못한다. 그럴 때는 빨리 화장실로 달려가 거울을 똑바로 바라보고 선다. 그리고 양 손바닥을 마주 붙이고 강하고 빠르게 비벼 양 볼에 갖다 댄다. 가만히 손바닥의 열감이 느껴지면 숨을 크게 쉬 쉬, 후 후, 하고 쉰다. 들이쉬고 내쉬고, 내쉬고 들이쉬고를 반복한다.

증상의 첫 발현이라고 기억하는 여섯 살 무렵, 이 불안에 대처했던 방법 중 하나는 방의 형광등 스위치를 수십 번 껐다 켰다를 반복하고, 통증처럼 조여오는 느낌이 무엇인지 모른 채 그저 발을 동동 굴렀던 모습이다. 온몸에 열이 느껴지고 이유 없이 눈물이 쏟아질 때면 진정되지 않는 가슴을 부여잡고 깜깜한 거실을 겨우 지나 엄마의 품으로 향하곤 했다. 엄마는 나를 꼭 안아주었다. 엄마의 살 냄새가 푹신하게 닿아 따뜻함이 느껴지면 불안이 점차 사그라들면서 그제야 안방의 반쯤 닫힌 문을 비집고 흐르던 아빠의 코 고는 소리가 들렸다. 뒷머리는 땀에 젖어 축축했고 그 와중에도 졸음이 와 몽롱한 여섯 살의 나를 엄마는 흔들흔들, 쉬이 쉬이 달래주셨다. 그러고 눈을 뜨면 내일이 와있었다.

나에게는 몽유병 증상이 있다고 했다. 나에게 표현하진 않았지만 엄마는 내가 감기나 눈병 같은 자그마한 질병으로 소아과를 갈 때마다 몽유병에 대해 상담을 받았고, 주변 어른들에게도 어떻게 하면 몽유병을 멈출 수 있는지 조언을 구했다고 한다. 엄마가 너무 걱정할 때면 의

사 선생님이나 어른들은 어린아이에게 흔하게 발생할 수 있다고, 커가면서 아마 좋아질 거라고 너무 큰 걱정은 말라고 말해주었다고 한다. 실제로 시간이 가면서 의식 없이 밤에 돌아다니는 일은 크게 줄어들었고, 초등학교에 입학할 때쯤 몽유병은 사라졌다.

성인이 되면서 발현의 이유와 정도가 달라지긴 했지만 여전히 나에게 '불안'은 가장 두려운 존재 중 하나이다. 다년간 불안을 맞닥뜨리며 나름의 해소 방법으로 체득한 몇 가지를 얘기해보자면, (이건 비교적 가벼운 불안 대처용이다.) '비스티 보이즈'나 '런 디엠씨RUN DMC' 류의 올드 스쿨 장르의 힙합 음악을 듣거나, 동경하던 여행지를 소개하는 블로그를 검색하고 구경한다. 이것들이 주는 효능과 상관관계는 아래와 같다.

'비스티 보이즈' '런 디엠씨'의 음악이 이 미지의 불안을 해소해줄 때가 있는데 그 이유는 단순하다. 펑키하고 유쾌한 사운드, 그리고 익살스러운 목소리 때문이다. 그렇다면 신나는 음악을 들을 때 기분이 나아지는가에 대해 생각해본다면 사실 전혀 그렇지 않다. 내가 진정이 필요할 때나 휴식을 원할 때 찾아 듣는 음악은 대부분 정적인 음악들이다. 영화 〈미나리〉의 사운드트랙이라든가 '히사이시 조Hisaishi Joe'의 음악이나 엠비언

트Ambient 장르의 곡들이다. 잔잔하지만 물결치는, 멀리서 쏟아지는 빛과 같은 풍경이 펼쳐지는 듯한 음악들에서 나는 평온함과 아름다움을 느낀다. 그런데 내가 이토록 오래 품었던 공포의 감정을 느낄 때, 평소와는 다른 장르에서 안정을 느끼는 이유는 무엇일까.

유추해보건대 그것은 소리가 아닌 이미지에 있다. 80, 90년대 특유의 지글거리는 VHS 비디오테이프 질감 속 열기 넘치는 페스티벌 라이브 영상이나 이리저리 무대를 휘젓고 뛰어다니며 경찰을 따돌리는 악동의 모습이 담긴 뮤직비디오는 내게 가장 유쾌하고 멋이 나는 뮤지션의 이미지로 박제되어 있다. 포효하는 이들의 음악 속 삶의 모습을 떠올리면 때로는 세상일이 별것 아닌 것처럼 느껴진다. 단순하고도 쉽게, 행복에 대해 긍정적이고 진취적인 에너지를 발산하는 모습은 기분 좋게 술에 취했을 때의 느낌과 닮아있기도 하다. 내게도 이런 면이 있는데, 그러니까, 나도 그렇게 살고 싶으면서 뭐가 이리 복잡한 걸까 하면서, 그냥 달려버리면 그만인데, 라고 스스로를 진정시키면 실제로 약간의 진정이 찾아오기도 한다.

그리고 가보지 못한 곳에 대한 동경은 내 삶의 가장 큰 에너지이다. 스무 살 무렵 처음 한국을 떠나 외국에 도착했을 때, 낯선 곳에서 느꼈던 생소하고도 그 뜨거운 두근거림은 잊을 수 없다. 피시방 아르바이트를 하며 모은 돈으로 도쿄행 비행기 표를 샀고, 하루 7만 원의 예산으로 4박 5일 동안 여행을 했다. 낡은 건물과 철도, 밤거리를 밝히는 제각기 다른 모양을 한 전광판들은 마치 색색의 별처럼 내 마음속으로 우수수 쏟아져 들어왔다. 편의점 매대를 가득 채우고 있던 다양한 주제의 잡지들과 봐도 봐도 끝이 없던 방대한 크기를 자랑하는 HMV 음반 가게들은 소심한 청년의 마음을 사로잡기에 충분했다.

스마트폰이 출시되기 전이라 이곳을 앞서 여행했던 사람들이 남긴 가이드북에 의지하며 주변을 기웃거릴 수밖에 없었지만, 그렇기에 그곳은 단순히 도쿄가 아닌 내가 그리는 대로 그려지는 환상적인, 어떤 미지의 장소였다. 큰길을 지나다 사람들의 시끌벅적한 대화 소리가 들려 이끌린 골목길에는 맥주잔을 부딪치며 잔뜩 취한 사람들이 모인 선술집이 있었고, 도심 속을 걷다 문득 신사를 발견하면 '미야자키 하야오Miyazaki Hayao'의 지브리 애니메이션 속 캐릭터가 튀어나올 것만 같았다. 짧고도 길었던 4일간의 첫 해외여행을 마치고 한국으로 돌아오는 길에 다짐했다. "더 넓은 세상을 봐야겠어."

공포감을 이겨내기 위해 여전히 더 좋은 방법을 찾는 중이다. 다행스럽게도 죽음의 공포는 일주일에 한 번에서 한 달에 한 번, 현재는 몇 달에 한 번 정도로 나를 찾아오고 있다. 어쩌면 나 자신을 깊게 파고드는 생각을 줄인 결과일지도 모르겠다.

이제는 어느 정도의 깊이에서 생각을 멈춰야 하는지, 멈추지 않으면 꽤 높은 확률로 불안의 감정이 걷잡을 수 없게 들이닥친다는 것도 알고 있다. 불안의 파도라는 것을 완벽히 제어하며 서핑하듯 탈 수는 없지만 적어도 힘없이 떠밀려가지는 않게 되었다.

깊은 생각은 깊은 불안을 당기기 마련이다. 어느 밤은 여전히 뒷목이 축축하게 젖어버린다. 손바닥의 온기라도 빌려 근근이 안정을 마련하지만 그래도 여섯 살의 밤처럼 막막하지는 않다. 우리 모두는 시한부로 태어났으며 나 또한 그중 한 명이라고 생각하게 되었기에. 누구나 맞이할 마지막이 기다리고 있다고 믿기에. 어쩐지 새로운 여행지가 하나 더 추가될 것 같은 밤이다.

자야 하는데. 공연 후에는 항상 이래.

아무것도 모르고 일렁이던 계절 ^{1부}

자야 하는데. 공연 후에는 항상 이래.

아무것도 모르고 일렁이던 계절 (1부)

잘하는 걸 잘하는 일

나는 이모티콘을 좋아한다. 전달하고자 하는 감정이 담긴 적절한 캐릭터를 고르고 상대에게 전송할 때 일종의 쾌감 같은 것을 느낀달까. 뭘 그렇게까지, 라고 생각할 수 있지만 상대방에게 가장 명확하고 쉬운 방법으로 내 마음의 표정을 전달할 수 있기 때문에 나의 또 다른 자아를 실현해주는 것 같아 가끔은 구구절절한 설명보다 '좋아요', 이 세 글자와 귀여운 캐릭터를 곁들인다. 특히나 소통에 서툴고 자칫 딱딱해 보일 수 있는 나 같은 사람에게는 훌륭한 '소통보완장치' 같은 역할을 하기도 하고.

음악 비즈니스를 회사 없이 팀이 자체적으로 꾸려나가면서 새로이 알게 된 것이 있다. 음악을 완성하고 잘 가공해 세상에 내놓기까지 처리해야 할 일들이 생각보다 많다는 사실이다. 각종 양식에 맞춰 서류를 작성하는 일은 기본이요, 음원 유통에 필요한 등록을 요청한다거나 라디오 심의를 받는 일, 디자이너와 함께 공장에 가서 인쇄물을 확인하고 메일로는 공연 섭외 문의에 응답하는 일 등 원만한 음악 생활을 지속하기 위해서는 뮤지션의 역할과 매니저의 역할을 잘 수행해야 한다. 이 기본적이고 필수적인 'to do list'를 해내야, 그나마 비로소 활동하는 팀이라는 인상을 줄 수 있다. 때문에 언제부턴가 곡을 쓰고 목소리를 녹음하는 뮤지션의 업무를 끝내면 레코드 회사의 직원이 되어 의자를 당겨 앉고 밴드 위아더나잇과 뮤지션 함병선의 매니징 업무를 시작하게 되었다.

나는 많은 업무 중에서도 모든 일의 기본이 되는 서류에 대한 부분을 가장 중요하게 챙겼는데, 음반 발매를 하기에 앞서 계약서의 조항이나 공지, 필요한 서류들, 일정과 스케줄 등 각종 서류에 빼곡히 적힌 글자들을 읽고 또 훑어보며 '혹시나 오타가 있지 않을까, 내가 놓친 건 없는가, 혹시라도 오류를 짚어내지 못하면 어쩌나' 하는 강박에 항상 긴장을 유지했다. 게다가 새 앨범 발매를 앞두고 각종 마감까지 몰리면 머릿속은 혼돈의 카오스로 엉켜버린다. 물론 혼자서는 할 수 없기에 멤버들과 업무를 나누고 진행하지만 최종적으로 체크하는 입장이었으므로, 사사건건 내 눈으로 확인을 해야 다음 순서로 넘어갈 수 있었다.

2022년 발표한 〈우리들〉이라는 타이틀곡의 뮤직비디오 발표를 하루 앞두고 한창 체크를 하던 참이었다. 번역된 곡의 가사가 자막으로 들어가야 했기에 최종 번역 파일을 확인하다 그만 충격에 휩싸이고 말았다. 가사 번역 업무는 팀의 드러머인 보람이 형이 담당하고 있었는데, 이 업무는 번역가에게 우리의 원본 가사를 전달하고 이 곡의 주제나 의미 등을 알려드리고 외국어로 번역하게끔 의뢰하는 업무였다.

형은 마무리되었다며 최종 파일을 건네주었고, 내가 그 파일을 열었을 때 '최종'이라는 파일명이 무색하게 곳곳에 수정해야 할 부분들이 튀어나왔다. '내일이 뮤직비디오 업로드 날인데….' 나는 형에게 즉시 메시지를 보냈다. "형, 한 번 더 확인했어야지. 이걸 그대로 전달하면 어떡해. 내가 전부 다 확인할 수가 없잖아. 정말 힘들다고."

머리가 지끈거렸다. 앨범 발매를 앞두고 설렘은커녕 실수는 곧 망신과 죽음이라는 생각이 온통 나를 지배했고 그 스트레스는 나를 철저히 잠식해 무엇을 하든, 무엇을 떠올리든 도무지 즐겁지가 않았다. 심지어 멤버에게 이런 말을 내뱉는 스스로의 모습에 염증이 나 순간,

당분간 앨범을 내고 싶지 않다는 생각까지 미치고 말
았다.

그랬다. 나는 내게 주어진 일들을 처리하며 꽤 많은 스
트레스를 받고 있었다. 오히려 앨범 작업보다 외적인
업무 때문에 부쩍 예민했고, 멤버들에게 꼼꼼하지 못하
다고 짜증을 내기도 했다. 그런데 생각해보면 이 방식
을 택하고 해보자고 설득한 것은 나였다. 우리의 음악
을 잘 전달하고 싶은 갈증이 있었고, 신곡을 기다려준
분들에게 우리 음악에 담긴 메시지를 그 어떤 포장도
없이 온전히 잘 건네고 싶었다. 무엇이든 감수할 수 있
을 거라고, 음악은 물론 외적인 일도 우리가 주도할 거
니 더 잘할 수 있을 거라고 철석같이 믿었는데. 판단 미
스였다. 능력 밖의 과제에 당면하자 스트레스로 인한
불안증은 내가 가진 재능을 향한 불만족으로 이어지며,
음악 활동에 대한 의욕을 사라지게 했다.

멤버들에게 말했다. 지금까지 노력했지만, 다른 방법을
찾아야 할 때가 온 것 같다고. 맞지도 않는 옷을 억지로
껴입고 이게 맞다고, 이게 멋이라고 우기는 일은 그만
하자고. 멤버들도 내심 느끼고 있던 문제였던 듯, 누구
하나 토를 달지 않고 자연스럽게 모여 앉았다. 이 상황

을 어떻게 해결할 것인지, 어떤 점이 무리였는지 서로가 생각하는 해결 방법에 대해 솔직하게 이야기를 나누었다. 결론은 '적당히 하자'였다. 정확하게는 한계를 '인정하자'였다.

결국 우리는 넷이서 끙끙대며 불안하게 해결하던 여러 일을 전문가에게 맡기기로 했다. 섭외 응대라든가, 앨범 홍보라든가 우리보다 뛰어난 사람에게 맡기는 게 좋은 결과를 불러올 확률을 높여줄 테니까.

우리는 새로운 균형을 찾고 즐거운 음악 생활을 위해 최선을 다하기로 의견을 모았다. 비로소 멤버들의 표정이 눈에 들어오기 시작했다. 나는 씨익 웃어보였다. 업무를 정리하기 위해 책상으로 돌아와 앉았다. 그리고 마지막으로 신곡 유통 담당자에게 메시지를 보냈다.

"안녕하세요. 지영님. 함병선입니다.
다음 달에 새 싱글을 발표하려는데, 발매 일정이 괜찮을지요?"

인사에 귀여운 이모티콘을 더해 전달한 메시지는 다시 웃음기 가득한 이모티콘과 함께 나에게 답장으로 왔다. "네, 그럼요. 일정 좋습니다. 꼭 잘되길 빌어요!" 비로소 내 가슴을 짓누르고 있던 돌덩이가 치워진 느낌이 들었다. 왜 그렇게 껴안고 있었을까. '이제 정말 내가 하고 싶은 것, 내가 잘하는 것만 잘하면 되는구나. 이게 내 일이구나.' 멋지게 나아가고 싶다는 마음이 강박이 아닌 산뜻한 책임감으로 다가왔다. 나는 다시 의자를 당겨 앉았다. 그때 그 시작처럼, 우리 음악에 담긴 표정이 누군가에게 무사히 전달되기를 바라며.

스틸 헝그리

자정이 훌쩍 넘은 시간, 몰려오는 헛헛함에 냉장고를 연다. 때때로 찾아오는 심야의 허기는 애정 결핍에서 비롯된 건지, 정말 속이 비어 배고픈 것인지 정확히 알 수 없다. 하지만 이후에 연결되는 상황은 알 수 있는데, 이 허한 기분을 떨치고자 무언가를 입으로 욱여넣고, 배가 부를 때까지 먹은 다음 멍하니 있다 잠에 들게 되리라는 것이다.

요즘 제대로 된 식사는 늦은 오후가 되어서야 하는데, 나에게 제대로 된 식사라는 것은 밥이 포함되어 있느냐 아니냐로 구분된다. 요즘 같은 시대에 밥이 있어야 식사로 치다니! 보기와는 다르게 꽤 구식 사고방식이라고 핀잔을 들을지도 모르겠다.

내가 밥을 중요하게 생각하게 된 데는 어릴 적 엄마의 영향이 크다. 우리 가족이 함께 살았던 시절, 엄마는 식사에 항상 밥을 포함했다. 그건 엄마의 원칙 같은 거였다. 심지어 외식을 할 때도 온갖 음식을 푸짐하게 먹고도 "밥 먹어야지!" 하고 꼭 식사를 주문하곤 했다. 그때마다 내가, 곧 배가 터질 수도 있다고 손사래를 치며 거부해도 엄마는 회유와 잔소리를 번갈아 하며 내 입으로 밥이 들어가야 그제야 잔소리 폭격을 멈추었고, 나는 엄마의 안정과 만족을 위해 아무리 배가 불러도 꼭 한 숟가락은 입에 넣는 괴력을 선보였다.

그런 내가 어른이 되어 엄마를 쏙 빼닮았다는 사실을 알게 되었을 때 그것이 마냥 싫지만은 않았다. '엄마의 다정한 버릇이 나에게 왔네…' 하며 면 요리를 시킬 때도 공깃밥을 추가로 시킬 뿐. 그릇에 담긴 면의 절반을 덜어내고서라도 남은 국물에 밥을 말아 항상 식사를 완수했다.

그런데 뭐 먹지.

늦은 밤, 기어이 프라이팬에 기름을 두른다. 달걀 두 개를 깨트리고 프라이를 해 접시에 담고 핫소스를 뿌린다. 이 헛헛함에 음악이 빠질 순 없지. 이문세의 〈옛사랑〉을 틀고 술도 한잔 곁들인다. 나름의 정성을 기울인 식탁에 알 수 없는 만족감이 느껴진다. '그래, 밥이 아니어도 괜찮지. 엄마는 그때 어떤 이유로 그렇게 많은 음식을 채우고 채워야 만족이라고 느꼈던 걸까.'

기다리던 졸음이 몰려온다. 그런데 내일 아침에는 뭐 먹지.

낙하하던
고백의
밤

2부

여름으로 가는 일

"어떻게 이럴 수 있지?"

난 티셔츠를 몇 번이나 갈아입으며, 무더운 날씨에 맥을 못 추고 있었다. 한국문화원의 초청을 받아 홍콩으로 공연을 온 멤버들과 나는 예상치 못한 기온, 특히 유난히 높은 습도 때문에 내내 힘들어하고 있었다. 우리가 혀를 빼물고 셔츠를 연신 펄럭거리자, 해외 공연 일정을 조율해주는 매니저 H가 내게 물었다. "더운 곳을 좋아하는 게 아녔어?" 매번 습관처럼 더운 곳으로, 사계절 내내 여름이 장악하고 있는 동남아시아나 섬 같은 곳을 찾아다니는 나를 보며 여름을 유난히 좋아한다고 생각한 모양이었다.

"그게 말이야, 사실 여름을 좋아하는 거지, 더운 날씨를 좋아하는 건 아닌 것 같아."

"응?"

"그러니까…. 만약 지금이 여행 중이었으면 더워도 안 힘들었을 거라고. 요 앞에 바다가 있었다면 견딜 수 있었을 것 같아. 지척에 바다가 있다는 건 심리적 안정제 같은 거야. 아, 근데 정말 여기 너무 더워. 공연하기 싫다. 공연장은 먼가?"

여름을 좋아한다는 말은 사실이었다. 내가 쓰고 부르는 노랫말에 여름은 자주 등장하는 단골 소재였다. 나는 여행지를 택할 때마다 악착같이 여름이 있는 곳으로 갔다. 뜨겁게 달궈진 땅에서 올라오는 열도, 온몸을 순식간에 잠식하는 습기도, 피할 곳 없이 내리쬐는 타 죽을 것 같은 뜨거운 태양도 그곳에서는 모두 괜찮았다. 여행지에서 돌아왔을 때 더웠다는 기억이 없을 정도로 말이다.
나는 여름의 여행지에서 벌어지는 순간들을 사랑했다. 허름한 야외 식당 테이블에 자리를 잡고 며칠 동안 수염도 깎지 않은 얼굴을 하고 생과일주스를 마신다든가, 간단히 점심을 먹고 동네를 어슬렁거리다 더워지면 바다 쪽으로 걸어가 자연스럽게 수영을 하고, 또 물 밖으로 나와 야외에 설치된 샤워장에서 대충 씻고 라임이 담긴 산미구엘 맥주를 벌컥 들이켜며 담배를 피운다든가 하는. 그런 일상은 그야말로 내가 가장 사랑하는, 낯선 여행지에서 누리는 가장 편안한 여름의 일상이었다. 그 풍경 속에 어떤 인위적인 소음은 없었다. 그저 일상을 가로지르는 차량 경적과 상인들의 말소리만 들릴 뿐.

칵테일도 여름에게서 배웠다. 스물네 살 무렵, 발리에 있는 우붓Ubud이라는 도시에 여행을 갔을 때다. 자전거를 타고 숙소에서 한 시간 정도 거리에 있는 미술관에 가기로 마음을 먹고 여유롭게 길을 나섰다. 듣자 하니 그 동네의 이름난 부자가 자신이 소유한 그림을 한데 모아 운영하고 있다고 했다. 하지만 기대를 품고 낯선 길을 오래 달려 도착해 들어갔을 때 나를 반겨준 건 그럴싸한 갤러리의 풍경이 아니었다.

부자의 컬렉션이라고 하기엔 어딘가 단출하고 소박한 규모였다. 그런데 규모보다 놀라웠던 것은 잘 보호되어야 할 그림들 위로 개미들이 우글대던 모습이었다. '이렇게 관리할 거면 비싼 돈 주고 왜 사서 모은담.' 도대체 왜 이렇게 운영하고 있는 걸까. 갤러리의 주인에게 의구심이 들었다. 결국 답을 찾지 못한 채 그렇게 개미 구경을 실컷 하다 다시 숙소로 돌아가려는데 갑자기 스콜이 시작됐다. 스콜은 하루에도 몇 번씩 갑작스럽고 거세게 달려와 모든 걸 쏟아내고 사라지곤 했다. 비의 양은 모든 시야를 가릴 정도였고, 자전거를 타고 이동할 엄두가 나지 않았다. 그렇다고 숙소까지 비를 쫄딱 맞으며 걸어가기엔 너무 먼 거리였다. 잠깐 비를 피할 요량으로 주변을 둘러보자 햄버거를 파는 듯한 가게가 보여 대충 머리를 가리고 뛰어 들어갔다.

열려있는 문으로 들어가자, 나무 향을 실은 한산한 공기가 나를 가장 먼저 맞이했다. 가게 내부에는 한 사내의 자신감 넘치는 표정의 포스터가 군데군데 붙어있었는데, 아마도 드라이 마티니를 홍보하는 듯했다. 포스터 속 사내는 자신감에 찬 표정으로, 이 집에 특별한 레시피로 만든 드라이 마티니가 있으니 꼭 맛을 보라고 나에게 압박을 보내고 있었다.
아는 칵테일이라고는 보드카 오렌지나 진토닉 같은 게 다였던 나는, 여행자의 호기심이 발동해 아무것도 묻지도 따지지도 않고 드라이 마티니를 주문했다. 가게 종업원은 빙긋 웃으며 투명하고 납작한 잔에 담긴 드라이 마티니를 내 왔다. 잔에는 초록의 올리브 두 알이 멋스럽게 띄워져있었다. 마셔보진 않았어도 어디서 본 것은

있었으므로, 익숙한 손놀림으로 잔을 들고 마치 무라카미 하루키의 소설 속 등장인물이 된 것마냥 차분히 한 모금을 머금었다 넘겼다. "오…." 말 그대로 드라이한데, 쌉쌀하고 묵직한 알코올 향이 매력적인 술이었다.

그렇게 한 잔을 비우고, 다음 잔을 막 주문하고서 고개를 돌려 밖을 보았을 때도 여전히 세찬 비가 휘날리고 있었다. 가게 안에는 아무 음악도 흐르지 않았고 손님도 없었다. 사방이 빗소리로 가득한 고요한 이국의 공간에서 처음 마셔보는 쓴맛의 술은 제법 멋스러운 기분을 가져다주었다. 새로운 잔이 나오고 연거푸 두 잔을 더 마셨을 때도 비는 멈추지 않고 계속 내렸다. 날은 점점 어두워지고 있었다. 조금 더 이 기분을 만끽하고 싶었지만 그랬다간 숙소로 돌아가는 과정이 순탄치 않을 것 같다는 확신이 들었다. 서둘러 가게를 나섰다. 술기운에 적당히 달궈진 볼에 순수한 숲의 공기가 착 달라붙었다. 비 따위 개의치 않는 자유로움을 무장한 채 자전거에 올라 밤공기를 갈랐다.

드라이 마티니는 언제나 그때의 기분을 떠올리게 한다. 개미와 소나기, 낡은 자전거와 비릿한 풀 냄새, 그리고 스물네 살의 여름으로. 언젠가 다시 그날의 여름을 만나고 싶다.

금방 사랑에 빠지는

지인이자 나보다 나이가 약간 많은 P는 소위 '금사빠'라 불리는 사람이다. (요즘도 이 말을 쓰는지 모르겠지만.) 그는 틈만 나면 사랑에 빠지고 고백하는 일이 잦았으며 그에게 만난 기간 따위는 사랑의 깊이와 하등 상관없었다. 심지어 그는 나로 인해 알게 된 지인들에게도 좋아한다는 말을 서슴지 않아 나를 무척 당혹스럽게 했는데, 지인으로부터 그에게 고백을 받았다는 얘길 들었을 때 지나치게 빠른 사랑 고백과 솔직하고 창의적인 감정 표현의 전개는 의아함과 경이로움 그 자체였다. 그런데 한편으로는 금방 사랑에 빠지지 못할 이유는 또 뭐란 말인가, 하는 생각도 들면서 감정이 동하는 순간을 놓치지 않고 표현하고 또 마음을 얻기 위해 애쓰는 것이 나쁜 건가 싶기도 했다. 사랑에 빠지는 횟수를 주 몇 회로 하자고 법으로 정해둔 것도 아니고 말이다.

그런 면에서 P는 나와 확실히 다른 사람이었다. 나는 '사랑에 빠지는' 모든 순간에 대해 몹시 조심스러운 사람으로, 내가 열광하는 영화나 음악조차도 충동적이거나 터프하게 밀고 나가는 사랑의 개척자가 등장하지 않는 것들이 대부분이다. 나는 사랑이 이 세계에 터져나오려면 모든 것이 필연적으로 엮여 운명적인 끌림과 거부할 수 없는 운명으로 이어져야 한다고 믿었다. 영화 〈비포 선라이즈〉와 〈중경삼림〉을 사랑하는 이유도 그래서이다. 영화 속 인물들은 감정의 혼란을 겪으며 스스로 예측하기 어려운 방향으로, 끌림에 따라 흘러간다. 그리고 우연으로 점철된 순간들이 쌓여 운명적으로 서로에게 끌리게 된다. 이런 사랑의 모습들은 청춘의 민낯처럼 보여 내가 사랑에 휩싸이던 날들을 떠올리게 했다.

P는 다양한 사랑의 형태를 경험하다 얼마 전 유학을 떠나기로 했다고 소식을 전해 왔다. 떠나기 전 그와 잠깐 통화를 나누었다. "형, 거기서 연애하다가 결혼하는 거 아니야?" "그러니까. (웃음) 혹시 모르지. 나도 어떻게 될지 모르겠어, 그게. 다녀와서 보자!"

그는 편안해보였다. 새삼 그가 부럽다는 생각이 들었다. 어느 순간이든 자신의 감정에 솔직할 수 있고, 스스럼없이 꺼내 보일 수 있다는 것이 새삼 얼마나 대단한 것인지, 설렘으로 충만한 그의 일상이 얼마나 아름다운 빛으로 가득 차있는지 그와의 대화에서 어렴풋이 느낄 수 있었다.

다른 사람은 쉬운 것이 나에겐 왜 이렇게 어려운 일인 것인지. 타인에게 좋아하는 감정이 생기는 것조차 어렵고, 또 그 마음을 표현하기까지 수없는 망설임을 거듭하는 내가 얼마나 못나게 느껴지는지. 나는 표현에 인색해 상대를 실망시키는 일이 많았다. 굳이 비교를 해야 한다면 부끄러움을 느껴야 하는 건 P가 아니라 나였다.

누군가를 그리워하고 애타게 갈망하는 감정을 인생에서 몇 번이나 더 느끼게 될까. 나에게 남아있긴 한 걸까? 사랑은 불현듯, 찰나의 순간에 나의 모든 감각을 그 사람에게 향하게 한다. 그 마음은 아무리 억누르고 감추려고 해도 어떤 식으로든 새어 나오고 만다. 생각해보면 지난날의 나 역시도 주체하지 못할 만큼 타올라 혼자 뻥, 하고 터져버린 적도 있었다. 반짝이고 타오르는 눈동자의 아름다움에 반해 상대의 모든 구석으로 끝도 없이 파고들었던 시절, 설령 모든 게 타버려 재가 된다고 해도 내 마음을 믿고 나아가는 것이 얼마나 가치 있는 일인지, 그 일을 경험하는 것이 인생에서 얼마나 소중

한 일인지 그때 나는 분명하게 알고 있었다. 그리고 차츰 사랑에 빠지고, 이별하며 알게 되었다. 그 순간이 처음으로 영혼을 만질 수 있었던 시간이었다는 것을.

그런데 형. 그래도 고백을 좀 적당히 해주면 좋겠어. 이러다 주변에 남는 사람이 없을 것 같아. 부탁해.

'1'이 없어졌는데

한동안 잠잠해도

무시하는 게 아니야.

내가 생각하는 타이밍이란 게 있으니까.

나는 그런

네 불안이 어려운 거야.

사랑을 해본 적이 있나요

누군가를 사랑한다는 것은 무엇일까. 알 것 같기도 하지만 여전히 알 수 없다. 지금껏 사랑하는 감정을 느끼지 못했다는 것은 아니다. 한때는 누군가를 내 전부인 것처럼 사랑했고, 잠시도 헤어지기 싫어 10분만 더 있자고 조르기도 했으며, 온몸을 만지고 싶어 폭발할 것 같은 감정에 사로잡힌 때도 있었다.

진정 다른 사람을 '사랑하는 것'이 정말 가능한 걸까, 라는 근본적인 의문은 꽤 오래 나를 괴롭혔다. 사랑을 생각하면 짐 자무시 감독의 영화 〈오직 사랑하는 이들만이 살아남는다〉 속 세기를 거스르는 사랑의 '영원성'에 관한 것이나, 기예르모 델 토로 감독의 영화 〈셰이프 오브 워터〉 속 상대의 겉모습이 아닌 진정한 내면만을 바라보는 절대적 '순수성'이 떠오른다. 하지만 이것도 완벽한 사랑이라고 정의할 수는 없다.

완벽한 사랑이 무엇인지에 관해 한참을 몰입해 고민해 봤지만 아직 답은 찾지 못했다. 적어도 내가 경험한 사랑 속에는 없었다. 뜨겁게 타오르고, 부서질 듯 안고 싶은 그런 감정 말고 사랑을 위해 모든 걸 포기할 수 있는, 그런 게 완벽한 사랑일까? 그럼 난 사랑을 위해 모든 걸 포기할 수 있는 사람인가? 나는 망설임 없이 그럴 수 있다고 결론 내렸다. 사랑은 그런 힘을 갖고 있다고 믿고 있으므로.

내가 사랑에 대해 이토록 많은 의미를 두고 의문을 품는 이유는 어쩌면 두려움 때문일지도 모른다. 나에게 사랑하는 이는 또 다른 나로 여겨진다. 그래서 언젠가 그 사람과의 관계가 끝나버릴 때 내가 사라지는 것처럼, 어떨 때는 가족이 죽는 것만 같은 기분이 든다. 그 사람이 사라지는 것을 생각하면 내가 죽는 것처럼 힘들고 두렵다. 그 사람은 나에게 연인으로 존재하지만 실상 나에겐 자식 같기도, 부모 같기도 한 존재랄까. 이 감정을 정확히 어떻게 표현해야 할지 모르겠지만 내게 사랑은 언제나 남녀 간의 정을 초월한 그 무엇이었다.

12년간의 연애가 끝나고 Y를 만났다. 그녀는 곧 런던으로 떠난다고 했다. 정확히 알 수는 없었지만, 이대로 보내면 안 될 것 같은 생각이 들었다. 나는 때때로 노래를 만들어 불렀고, 그녀는 그 노래를 따라 흥얼거렸다. 내 마음의 조각이 어떤 모양인지 나는 알 수 없었지만 그 녀는 알 것 같다고 했다. 나는 그해 여름 런던행 비행기 표를 끊었다. 그리고 그곳에서 그녀와 재회했다. 우리는 손을 잡고 바다를 구경하러 갔다. 아이스크림을 사 먹고 술도 마시며 낯선 곳을 여행했다. 알코올 향이 콧등에 스치고 쏟아지는 태양 빛에 잠이 쏟아진다. 그해 여름이었다.

잘 가

잘 가, 라고 한 것은
네가 정말 집으로 돌아갔으면
하는 마음이 아니야.

오늘 정말 반가웠고,
우리 수일 내 다시 보자,
함께한 시간이 정말 좋았어,
보고 싶었어, 그리고

멀리 가지는 말라고.

잘 가, 라고 보통의 작별을 고하던 날
그날이 우리의 마지막일 줄은
꿈에도 몰랐어.

설령 알아챘더라도
달라지는 것은 없었겠지만.

일몰의 노래

하늘의 색이 변해가는 것을 지켜보다
괜찮지 싶어 지나친 일들과
어딘가 두고 온 줄로만 알았던 얼굴들이
저 마음 깊숙한 곳에서
붉고 뜨겁게 타올라
기어코 내 얼굴을 화끈거리게 해.

온몸이 부르르 지진이라도 난 것처럼
그렇게 사방으로 부서져버렸지.

언젠가 마지막 순간에
그리움이란 노래를 짓는다면
그리움이 찬 마음을 꺼낸다면

나는 마음으로만 부를 거야.

입 밖으로 꺼내 흩어지게
놔두지 않을 거야.

유난히 빨간 해 덕분에
들키지 않았네.
들리지 않았네.

네가 영원히 몰랐으면 해.
오늘의 노래를.

일요일 오후였을까

일요일 오후였을까. 눈을 반쯤 뜨니 거실이 주황빛으로 가득하다. 집이다. 엄마 무릎을 베고 잠이 들었다. 시간이 얼마나 지났는지 볼과 귀가 뜨끈하다. 등 뒤로 사람들의 웃음소리, 낯익은 연예인의 목소리가 들린다. 엄마는 TV를 보고 있다. 베란다에는 티셔츠와 운동화가 널려 있고 이따금 자전거 벨소리가 무심히 지나간다.

'아, 햇빛이 커튼을 거쳐 주황색으로 바뀌었던 거구나.'

노랗고 하얗던 것들이 커튼 덕분에 붉은색을 입었다. 곧장 몸을 일으켜 목덜미를 쓸어낸다. 땀방울이 목덜미에서 등으로 떨어진다. 차가운 유리병에 담긴 물을 상상한다. 선풍기를 틀었다. 눈을 감고 "아 –" 소리를 내본다. 목소리가 갈라지고 불완전하게 회전한다. 그해 여름은 사진 한 장 남아있지 않은 날이다. 시간이 사라진 하루다. 붉게 물든 그곳을 이제껏 기억하는 것은 긴 밤, 내가 잠들지 못하는 이유다. 꿈과 꿈 사이 지독하게 외로워하는 것이다.

그날은 일요일 오후였을까.

해피버스데이 블루스

생일이 되면 이상하리만큼 더욱더 즐겁지 않기 위해 노력한다. 사실 생일이란 거, 내가 한 게 뭐가 있나. 스물여덟의 엄마가 나를 낳은 6월의 어느 날은 내 기억엔 없는 날이다. 사실 엄마와 아빠에게 특별한 날이라면 모를까. 젊은 부부에게는 놀랍고도 벅찬 날이었을 것이다. 매번 생일이 다가올 때면 태어나게 해줘서 감사하다고 생각하지만 이런 마음을 엄마에게 표현한 적은 없다. 누구보다 고생하고, 또 가장 기뻐했을 사람이 엄마임을 알지만.

생일을 손꼽아 기다리던 때도 있었다. 태어났다는 기쁨보다 이 구실 삼아 친구들과 왁자지껄한 자리가 만들어지는 게 좋았던 것 같다. "생일 축하해!" "마시자!" 하며 고기도 굽고 치킨도 뜯었다. 그때는 잘도 그랬다. 빙글

118

빙글 돌아가며 '나의 날'을 요란하게 즐겼다. 그런데 이젠 평소같이, 아니 오히려 더 조용히 지내려 노력한다. 생일이라고 특별한 일을 계획하는 것이⋯. 뭐랄까⋯. 좀 쑥스럽달까. 말했듯 기억조차 나지 않는 날인데 주위 사람에게 혹시나 부담을 주는 건 아닌가 신경이 쓰이기도 하고. 얼마 전에는 매년 선물을 보내주던 친구에게 당부하기도 했다. 내년부터는 선물은 주고받지 말자고. 이렇게 연락만 해주어도 너무 고맙고, 충분하다고.

「분명 기뻐야 하는데 고마워야 하는데
　고마워라는 말은 기름 같아」

선우정아의 곡 〈My Birthday Song〉 속 가사다. 이 곡을 처음 듣고는 내 마음 같다는 생각을 했다. 생일이 되면 섞이지 않는 말들이 오가고, 마냥 기뻐하면 안 될 것 같은 그 느낌이 나를 침잠하게 한다. 이 노래를 들은 사람들의 평엔 기쁨과 행복을 강요받는 것 같아서 생일이 정말 싫다는 글도 있었다.

기쁨과 행복의 강요. 이 감정은 내가 크리스마스에 느끼는 감정과 비슷하다. 난 크리스마스를 별로 좋아하지 않는다. 그날엔 사람이 너무 많으니까. 그 하루를 즐기기 위해서 어디를 가든 기다리는 것은 물론, 예약하지 않으면 실내 공간으로 들어서기조차 어렵다는 게 어째서인지 환영받지 못한다는 느낌이 든다. 교통체증이야 말할 것도 없고. 마치 도시 전체가 놀이동산이 된 것 같다. 그때마다 난 연인이나 친구들에게 될 수 있으면 이날만은 피해 만나는 것이 어떻겠냐고 회유에 가까운 제안을 해왔다. 물론 매번 실패했지만. 내가 그날의 바이브를 탐탁지 않아 하는 것 같은 낌새를 보이면 '특별한 날인데 왜 그러냐' '특별한 날 만나는 게 왜 싫은 거냐' '같이 특별한 날을 보내고 싶지 않은 거냐' 등 사람들은 원래 그런 날이야, 감수하고서라도 우린 만나야 해! 같은 강요 비슷한 비난을 쏟아냈다.

그래, 나도 안다. 그날만이 줄 수 있는 감흥이라는 게 존재한다는 걸. 축제의 시간과 공간에 서로가 함께 있다는 게, 그 자체로 얼마나 특별한 순간이 되는지 말이다. 그런데 쓰나미처럼 몰려드는 인파와 그 속에 정처 없이 부유하는 내가 물과 기름처럼 전혀 섞이지 못하는데, 어떡하라고. 다시 태어나는 수밖에 없지. (이제 와 생각하니 그게 참 누군가에겐 이기적이었겠다는 생각도 든다.)

얼마 전 생일, Y는 내게 식당을 예약해두었다며, 식당에 대한 정보를 보내 왔다. 이런 나의 성향을 잘 아는 그였지만 축하해주고 싶은 마음이 더 컸던 것인지 꼭 나와

주길 당부했다. 식당의 위치를 파악하기 위해 검색해보니 예상과 전혀 다른 장소였다. 그저 밥 한 끼 한다고 생각했는데…. 나는 곧장 문자를 보냈다.

「아니, 너무 비싼 식당인데.
이런 것 꼭 안 먹어도 괜찮아.」

그러자 바로 답장이 왔다.

「이런 날 나도 먹고 하는 거지 뭐. 오기나 해.」

그가 나를 위해 여러모로 애썼다고 생각하자, 미안한 마음은 배가되었다. 약속 시각인 일곱 시를 넘기고 도착한 그는 몹시 피곤해 보였다. 나와 함께 밥을 먹기 위해 다른 일도 빼고, 주어진 업무를 바쁘게 처리하느라 늦었다고 했다. 그리고 말을 이으며 "부피가 커 못 들고 왔는데 선물이 있어. 네가 꼭 좋아했으면 좋겠어. 생일 축하해" 하며 배시시 웃어 보였다.

우린 작고 조용한 곳에서 함께했다. 셰프의 손에 쥐어진 초밥이 내 앞에 하나씩 올려질 때마다 그는 내게 맛이 어떠냐며 묻고 가끔 내 표정을 살피기도 했다. 내 생일을 진심으로 기뻐하고 축하해주는 그의 마음이 고마웠다. 가게로 처음 들어설 때 느껴지던 부담은 따뜻함으로 변해있었다. '내가 너무 예민하게 굴었구나. 난 주변을 얼마나 힘들게 하고 있는 걸까.' 식사를 하고 있는데 엄마에게 문자가 왔다.

「사랑하는이들 술 한잔했나요?

오늘

아들하고

밥도먹고술도

한잔하고 싶었소?

오늘

즐거운하루보내고

잘자

아들

사랑ㅎ.」

생일은 여전히 내게 중요한 날이 아니다. 다만 그 하루만큼은 누군가를 밀어내지 말자는 생각이 든다. 날 사랑해주는 사람들의 마음까지는 부정하지 말자고.
관심받는 것에 익숙해지고, 또 그 사랑을 돌려주자고 매번 마음먹지만 그럼에도 여전히 어색한 나는 멋없이 웃어 보이는 것으로 최대치의 감사를 전할 뿐이다. 언젠가 그날의 따듯함을 평생 그리워할지도 모르겠다.

고백

언젠가 살 곳은 바다가 가까웠으면 좋겠어. 물결의 풍경이 창에 비치지 않아도 상관없어. 차를 타고 30분 이내에 닿을 수 있는 곳이라면, 특별히 큰 힘을 들이지 않더라도 한 달에 한 번씩 들를 수 있다면 충분해. 그리고 본격적으로 여름이 시작되는 6월이면 매주 주말 바다로 갈 거야. 모래 위에 돗자리를 깔고 책을 읽고, 산책도 하고 음악도 듣자. 그리고 준비해 간 도시락을 먹고 돌아오자. 돌아오는 길에는 시장에 들러 감자와 양파 한 개씩을 사서 다음 날 아침 된장찌개를 끓여 먹자. 한잔하고 싶은 날에는 철 지난 영화를 틀어놓고 서서히 취하다 잠에 들자. 시간을 마음껏 낭비하자. 내가 제일 사랑하는 사람, 너랑 같이. 우리 둘만.

기록적인 장마

무엇이 불안한지 가만히 생각해보면 나를 둘러싼 모든 것, 이 모든 생활이 다 불안하다. 가장 큰 문제는 무기력인데, 어제와 내일을 연결하는 것이 바로 지금이라면 지금의 나는 무엇도 할 수 없어 내일이란 맞이할 수 없는 상태다. 현재의 제자리로 불러와 앉혀놓고 싶은 내 기분은 여전히 어제 그 어디쯤을 지지부진하게 서성이면서 방황하고 있으며, 새롭게 아침을 여는 사람들을 보며 자책이나 하고 있다. 모두가 어제를 마무리하고, 새로운 아침을 맞이할 때 이유 없이 슬퍼지는 게 그 이유다. 아무것도 하지 못하고 멍하니 서있는 내 꼬락서니란. 정말 역겹기까지 하다.

이런 감정에 휩싸일 때 머리 한구석 세상 가장 못난 얼굴이 그려진다. 나다. 내 단점을 우주에서 가장 잘 아는 사람. 나. 하지만 거울을 보면 놀랄 때가 있다. 놀라울 정도로 생각보다 멀쩡해서이다. 이런 자기 파괴의 시간에 내가 떠올리는 나의 얼굴은 조금 과장해서 피카소나 프랜시스 베이컨의 그림 속 얼굴을 닮았다. 눈과 코, 입이 저마다 삐뚤거리고 흩날리는 괴물 같은 모습을 하고 불안정하게 일그러져있다. 하지만 거울 속 나는 멀쩡한 보통의 얼굴을 하고 있다. 그래서 거울을 보고 있으면 안심이 된다. '모든 게 내 상상이구나. 그 정도로 나의 모습이 형편없진 않구나.' 남들은 몰라서 정말 다행이라고 느끼며.

자기혐오의 이유는 없다. 나도 알 수 없다. 그냥 문득 찾아오는 것이다. 나도 모르는 사이 겹겹이 쌓인 어두운 기운들이 이따금씩 얼굴을 내밀고 모른 척하지 말라며, 일그러진 이 모습이 너의 진짜라고 말한다. 야속하게도 외면하려고 하면 할수록 실체 모를 강한 불안은 더 불어난다. 그러다 더 이상 견디기 힘든 상황까지 몰릴 때는 정면 승부하기로 마음을 먹는다. 나 자신을 똑바로 마주하고, 보기 싫을수록 더 바라보며 격렬히 스스로를 할퀴며 불안을 해소한다. 한바탕 소동이 벌어지고 나면 케케묵은 감정들이 어느 정도 해소된다.

계속 비가 온다. 나에게 날씨가 좋다, 라는 말은 집 안에서 이렇게 비 오는 풍경을 볼 수 있는 날씨이다. 빗소리는 내게 가장 완벽한 소리 중 하나이다. 비 내리는 소리를 좋아해 배경 삼아 음악도 듣고, 책도 보고, 잠을 잔다. 하지만 벌써 며칠째 그칠 기미가 보이지 않는다. 우울함이 다시금 몰려오고, 물러나고를 반복한다. 이제 비가 지겹고 무섭다. 그만 내리라고 하늘을 보며 인상을 써보다 일어난 김에 밖으로 나가 사람을 만나야겠다는 생각이 들어 채비를 한다. 우산을 쓰고 나가면 그만일 것이다. 2020년 장마가 길었다.

난 내 편이 필요한 것 같아.

그날처럼.

Y가 있는 곳

처음 런던에 갔을 때 다시는 이곳에 오지 않으리라 다짐했다. 15년 전 파리에 갔을 때와 같은 감정을 느꼈기 때문이다. 많은 사람들이 두 도시에 대해 낭만과 판타지를 가지고 있는데, 나 역시도 창작을 하는 데 있어 이 도시의 음악과 뮤지션들, 미술 작품들에서 많은 영감을 받기도 했고, 도시가 주는 미묘한 설렘과 낭만에 로망을 가지고 있었다. 내가 두 도시를 방문했던 건 모두 공연이나 사진 촬영을 위해서였다. 일부러 시간이나 비용을 들여 떠나오기엔 큰 결심이 필요한 곳이었으므로 약간의 들뜸과 함께 감격이 느껴지기도 했다. 하지만 다신 이 도시에 오지 않겠다고 차갑게 마음을 닫은 이유는, 그곳에서 마주한 멸시와 차별 때문이었다.

이방인을 철저히 분리하여 바라보는 시선이 단박에 느

꺼졌고, 악기와 옷가지 등 촬영에 필요한 짐을 가지고 이동하는 우리를 보며 우스꽝스럽다는 듯, 젊은이 무리들은 눈을 찢어 보이거나, 이사라도 가는 거냐고 비아냥거리며 조롱하기 일쑤였다. 런던에서 기차를 타고 리버풀에 처음 도착했을 때 한 취객은 우리에게 술병을 던지기도 했다. 우리를 바라보는 그들의 시선은 뜨겁다 못해 따가웠고, 며칠이라는 시간 동안 얼른 이 도시를 떠나주길 바라는 무언의 압박에 편히 웃으며 거닐 수조차 없었다. 그렇게 우린 낭만의 도시에 어울리지 않는 존재로 서있었다.

그런데 그 후로 그런 차별과 멸시의 상처가 묻힐 만큼 런던이 좋아지고 말았다. 순전히 Y 때문이었다. Y는 사진작가였다. 나와 그는 서로의 작업물에 대한 이야기를 나누다 가까워졌다. 그와 나는 백현진을 좋아했고, 식성까지 비슷해 어떨 때는 거울을 보는 느낌마저 들었다. 어느 날 작은 술집에서 술을 마시다 그가 말했다. "나는 비혼주의자인데, 당신 때문에 생각이 바뀌고 있어요." 우리는 얼마간의 시간을 함께 보낸 뒤 친구 이상의 감정을 갖게 되었다. 그러나 둘 중 누구도 쉽사리 이 관계에 대해 정의하지 않았다.
그는 다음 달 런던으로 3년간 유학을 떠난다고 했다. 가끔 한국에 올 수도 있겠지만 할 수 있다면 적응을 위해 그러지 않을 거라고 했다. 그를 향한 넘칠 것 같은 마음은 위태롭게 나를 흔들었다. 그도 나처럼 모든 시간과 감정의 변화가 당황스러운 듯했다. 하지만 우린 무엇도 약속하지 않았다. 그렇게 그는 떠났다.

Y와 나는 런던과 서울이라는 먼 거리에서 연애를 시작했다. 당장 달려갈 수 있는 거리가 아니었기에 대화의 대부분은 휴대폰 화면 속에서 이루어졌다. 시차에도 밤낮을 가리지 않고 마음을 나누었고 불면의 시간은 서로의 마음을 여행하는 시간이었다. 그는 마치 가상 인물과 연애하는 것 같다고 웃었다. 그럴수록 낯선 곳의 그가 걱정됐고 그리웠다. 그리움은 주체할 수 없을 만큼 넘쳐흘렀고, 결국 그해 여름, 나는 런던행 비행기 표를 끊었다.

긴 비행이 끝나고 마침내, 실제로 우리가 마주하던 날, 내가 자신의 눈앞에 있는 것을 어색해하는 그를 나는 꼭 안아주었고, 함께 휴가를 보냈다. 내게 허락된 최대한의 시간 동안 그의 곁에 머물렀다. 항상 아쉬움 가득한 이별을 해야 했기에, 한국으로 돌아가는 날의 구슬픈 마음이 예정되어 있기에 우린 더 단단히 손을 잡고 그간의 일상에서 한 발 떨어져나와 다른 세상으로 꼭꼭

숨었다. 함께하는 시간만큼은 아무도 방해할 수 없도록, 아무도 보이지 않는 곳으로. 나는 그를 만나기 위해 1년에 두 번 런던으로 갔다. 그리고 한국에 돌아올 때면 또 언제 다시 그곳으로 갈 수 있을지에 대해 궁리했다.

런던에서 우리가 함께할 때면 우리는 매번 새로운 곳으로 떠나는 일을 계획했다. 바다에 빙하가 있다는 아이슬란드는 런던에서 그리 멀지 않았고 이탈리아와 스페인, 포르투갈의 소도시도 큰 노력을 들이지 않고 갈 수 있었다. 함께 한국에서 머물렀다면 쉽게 계획할 수 없는 특별한 시간이 우리에게 자주 주어져 우리의 거리가, 우리의 상황이 이점처럼 느껴지기도 했다.

그는 우리가 만나는 일정에 맞추어 다니던 학원의 일정을 조정하고 나와 함께 여행을 떠났다. 둘만의 세상은 점점 확장되고 있었다. 핸드폰 지도에 하트와 별표가 늘어났고, 절대 유럽으로 여행을 가지 않겠다던 나의 다짐도 점점 희미해지고 있었다. 그와 함께하는 모든 것이 아름다웠다. 휴양지의 먹구름 가득 낀 날도, 아빠와 아들로 보이는 가족에게 택시 요금을 사기당한 일도, 연착된 비행기를 하염없이 기다리던 흡연실 없는 공항에서의 시간도 모두 어느 소설의 장면처럼 아스라이 아름다워 언제까지라도 머물고 싶었다.

언젠가 여행을 마치고 그의 집이 있던 런던의 앤젤 Angel이라는 동네로 돌아왔을 때 알 수 없는 안도감을 느꼈다. 한국도 아닌 외국에서, 그것도 그렇게 싫어했던 런던의 동네 풍경을 마주하고 느낀 색다른 안정감이었다. 알 수 없는 무언가가 잘 돌아왔다며, 받아주는 느낌이 들었다. 얼른 씻고 집 앞에 있는 작은 맥줏집에 가서 수제 맥주를 마시며 지난 여행의 여운을 풀면 좋겠다고 생각했다.

그렇게 나는 Y와의 시간 덕분에 런던이 좋아졌다. 흐린 날씨와 무채색의 표정으로 이유 없이 나를 밀어내던 이 도시가 이제는 자전거를 타고 출퇴근하는 사람들의 밝은 표정이 있는 도시로 남았고, 빈티지 옷가게의 먼지 냄새와 비릿한 풍미 가득한 연어가 든 베이글의 고소함으로 가득 찼다. 그리고 산책하듯 갔던 테이트 미술관에서의 시간들은 다양한 색의 물감이 되어 도시를 칠해주었다. 런던은 이제 나에게 여름이면 떠나고 싶은 곳이 되었다. Y는 계획보다 앞당겨 한국에 돌아왔다. 시차 없는 세계에서 우리는 새로운 여행을 계획하고 있다.

그를 만나기 위해 택시를 탔다. 차 창문을 열고 가만히 바람을 맞는다. 우리가 사랑하기로 한 곳, 그가 있던 곳 런던이 떠오르는 오후다.

홀리데이

"다음 달에 동해에 가자."

아빠의 이 멘트는 우리 가족에게 여름을 알리는 말이
었다. 어릴 적 우리 가족의 공식 여름 휴가지는 동해였
다. 우리는 매년 같은 여관에 묵었는데, 그곳은 관광객
은 물론 현지 주민들에게도 사랑을 받는 곳으로 휴가
한 달 전에는 전화를 해야 예약이 가능했다. 이곳이 사
랑받는 가장 큰 이유는 지하에 자리하고 있는 목욕탕의
온천물 때문이었다. (지금 생각해보면 그냥 뜨거운 물
이었을 수도 있겠다는 생각이 든다.) 우리가 여관에 도
착하면 그 동네에 살고 있던 아빠의 후배 아저씨가 매
번 마중을 나와주었다. 우리 가족은 아저씨의 차를 타
고 묵호항이나 동해 해변의 이곳저곳을 다니며 해산물

이나 회를 먹었다. 언젠가는 해변에 자리를 잡아 텐트를 치고 삼겹살을 구워 먹기도 했다.

우리는 꼭두새벽부터, 아니면 전날 늦은 밤부터 여정을 시작하곤 했는데, 르망이라고 하는 당시 유행했던 각진 모양의 승용차를 타고 갔다. 차에 타면 난 항상 뒷좌석에 대자로 뻗어 잠을 잤다. 그 까닭에 동해를 오가는 창밖의 풍경 같은 것은 기억나지 않는다. 다만 지금까지 떠오르는 그날의 분위기, 앞 좌석 뒷주머니에 꽂혀있던 백과사전 두께의 전국도로지도, 30분마다 퍼지던 독한 담배 냄새, 조수석 앞에 덩그러니 놓여있던 노란 과일(그것이 모과라는 것을 나중에 알았다). 그리고 햇빛에 비쳐 마치 별처럼 보이던 떠다니는 먼지 같은 것들이 그때의 풍경으로 남아있다.

차에는 '비치 보이스The Beach Boys'나 '비지스Bee Gees'의 음악이 흐르곤 했다. 특히 비지스의 〈Holiday〉가 나올 때면 아빠는, "이게 그 노래야, 엄청 슬픈 노래지"라고 말해 주었다. 무슨 의미인지 몰랐던 나는 갸웃거리며 흘려보내듯 음악을 들었다. 꽤 오랜 시간이 지나서야 이 노래가 왜 그토록 아픈지, 남다른 비장함을 느끼게 했는지 알 수 있었다.

해도 뜨지 않은 푸르스름한 새벽, 엄마와 아빠, 나 우리

셋은 한 식당을 찾기도 했다. 내부 벽과 테이블 모두 짙은 갈색의 나무로 꾸며진 작은 식당이었다. 주인은 깜빡 단잠에 빠져있었던지, 얼떨떨한 표정으로 우리를 맞았다. 엄마와 아빠는 제철이라 한창 싱싱한 오징어 회덮밥과 물회를 시켜 먹었고 나는 그것을 앞접시에 조금씩 덜어 먹었다. 오랜 시간 차를 타고 달려온 탓에 모두 피곤한 기색으로 음식을 대했다. 그리고 그 일은 밥을 거의 다 먹을 때쯤 일어났다.

부우우우웅-

아주 큰, 정체불명의 굉음이 식당에 퍼졌다. 나는 숟가락을 든 채 정지했고, 엄마의 두 눈이 토끼 눈처럼 크고 동그래졌다. 엄마는 바로 고개를 좌우로 돌리며 상황을 살폈다. 식당에 퍼진 잠시의 정적 후 우리는 곧 그 소리의 정체가 무엇인지 알 수 있었다. 아빠가 피식거리며 웃었다. 아빠의 방귀 소리였다. 정말 황당한 상황은 그 다음에 일어났는데, 식당 주인이 혼비백산해 슬리퍼도 신지 않고 헐레벌떡 뛰어오며 이게 무슨 소리인지, 무슨 사고가 나지는 않았는지, 혹시 우리가 다쳤는지 물었다. 아빠는 너스레를 떨며 "아이고, 내 거야….'하며 자백했다. 우린 모두 웃음을 터뜨렸다. 생각해보면 뭐가 그렇

게 재밌었던지, 엄마도 나도, 가게 주인도 바닥에 데굴
데굴 구르며 입을 가려도 삐져나오는 웃음을 참아보려
애썼다. 말 그대로 우리들의 포복절도는 꽤 오래 이어
졌다. 세상에 이런 웃긴 일이 다 있느냐, 손으로 땅바닥
을 치면서 말이다.

이따금 그날이 떠오른다. 동화 속 장면처럼 느껴지기도
한다. 세월에 수척해진 아빠의 얼굴을 보고 집에 가는
길에는 더 그렇다. 우리 가족이 평생 동안 서로의 얼굴
을 보며 그렇게 실컷 웃었던 적이 있었나, 밤을 뚫고 바
닷가에 막 도착한 젊은 부부와 까만 아이는 어떤 기분
이었을까 하면서.
그토록 즐거웠던 우리 가족의 한때가 있었다. 그리고
가끔은 그 식당의 위치가 어디였는지, 혹시 아직도 영
업을 하는지 알고 싶다. 하지만 알아낸다 해도 다시 찾
지는 않을 것이다. 이제는 절대 다시는 갈 수 없는 곳이
라서, 울어버릴 수도 있을 것 같아서. 너무 행복한 기억
은 떠올리기 어려울 때가 많다. 꿈결처럼 느껴지는 장
면들이 있다. 기억이 선명하지 않고 뿌옇지만, 그 감정
만은 뚜렷이 남아있다. 어느 여름 중 하루였다.

오해

네게 작은 오해가 있었는데
풀렸어.

이유는 나도 몰라.
그냥 나는 너를 좋아하니까.

이사

부모님의 이사를 앞두고 이제는 거동이 어려워진 아빠를 대신해 엄마와 함께 짐을 정리하기로 했다. 며칠간 본가에 머물며 아빠가 죽어도 버리지 못하게 하는 오래된 장롱이나 작동되지 않는 전축, 이젠 녹슬어버려 제 기능을 못 하는 공구 박스의 연장과 못들 등이 우선순위였다. 엄마는 버릴 물건을 고르는 과정에서 일일이 아빠의 의사를 물어보다, 어느 순간 그만두고 말았다. 모두 아빠에게 퇴짜를 맞았기 때문이다. 타협 없는 아빠의 의지에 엄마는 화가 났고, 결국 몰래 아빠의 낡은 짐들을 버리기로 마음먹었다. 하지만 엄마는 꽤 신중한 사람으로 아빠의 태도가 맘에 들지 않았을지언정 그래도 물건 하나하나를 자세히 살피며 물건의 생과 사를 판단했다. 아빠의 물건들이기는 하나, 그 물건들에는 어쩌면 자신의 추억도, 살뜰한 손길도 묻어있을 터였다. 엄마는 나에게 버릴 물건들을 건네주며 한마디씩을 덧붙였다. "이 전화기는 네가 초등학교 입학할 때쯤 동네 상가에서 아빠가 사 온 것 같은데, 이걸 아직도 갖고 있었네. 우리가 부천에 살 때일 거야. 넌 기억 안 나지?" "이 시계들은 니네 아빠가 외국에 출장 갔다가 꼭 하나씩 들여왔는데 다 녹슨 것 좀 봐라. 버려야겠다. 엄청 비싸게 줬다고 했는데 이제 와 무슨 소용이냐…. 죽을 때 짊어지고 갈 것도 아니고. 정리하니까 속이 참 시원하다." 나는 엄마의 판단에 따라 물건이 건네지면 부지런히 자루에 옮겨 담았다. 그렇게 우리의 분류 작업은 반나절이 넘도록 이어졌다. 그리고 창밖이 어둑해질 때쯤 엄마는 말했다. "다 됐다. 이제 새로운 마음으로 살아보자."

마침내 정리를 끝낸 엄마의 표정이 한결 가벼워 보였다. 하지만 난 느낄 수 있었다. 엄마의 눈가에 묘하게 슬픈, 지나간 날들의 그리움 같은 것이 어리는 것을. 잔잔히 불어오는 바람에 조금씩 흔들리는 들풀 같은 떨림이 내게도 전해졌다. 기분을 이대로 둘 수 없어 엄마와 술을 한잔하기로 했다. 나는 짐을 줄이기로 한 결정은 정말 잘한 것이라고 무뚝뚝한 표정으로 말을 건넸다. 엄마는 이사 갈 집이 넓지 않으니까, 짐을 줄여야 조금이라도 더 편하게 살 수 있다며, 아쉽지만 과감하게 버려야 한다고 덤덤하게 말했다. 엄마는 종일 신경을 쓰느라 피곤했는지 소주 한 병을 채 비우지 못하고 잠에 들었다. 나는 계속해서 분리를 이어갔다. 나의 물건에 대한 기였다.

남겨둘 것들은 대개 추억에 관한 것이었다. 열한 살 때 일산호수공원에서 취득한 자전거 운전면허증과 서울랜드에서 아빠가 찍어준 사진, 발리의 호텔에서 챙겨온 돛단배가 그려진 파란 성냥갑…. 시간이 지나도 녹슬지 않은 순간들이 여전히 방 한편에 남아있었다. 나는 이것들을 모아 작은 상자에 담고 매직펜으로 [시간]이라고 적었다. 짧게는 5년, 길게는 30년도 넘은 물건들을 정리했던 오늘이 떠올라 문득 이상한 기분이 들었다. 녹슨 못으로 가득 찬 공구 박스를 버리지 못하게 하던 아빠의 마음과 그것들을 하나씩 솎아내며 지난 시간을 떠올리던 엄마의 표정이 내내 맴돌았다. 우리에게는 무엇이 남고 무엇이 사라진 걸까.

무언가를 소유한다는 건 어려운 것이고, 나아가 무서운 것이라는 생각이 들었다. 가판에 놓여있던 물건에 지나지 않던 것이 내 소유가 되면 생명을 얻고 가치를 얻는다. 가격은 상관없다. 나만이 매길 수 있는 가치로 그때부터 그 물건에는 당시의 냄새와 계절, 누군가의 표정, 설렘, 풍경 같은 것이 온전히 스미게 된다. 하다못해 그 물건을 감싸고 있던 비닐봉지나 종이 포장지만 보아도 가슴이 시리는 경우가 있지 않은가. 몇 년 동안 입지도 않는, 목이 잔뜩 늘어난 티셔츠를 몇 번이고 버려야지 하면서 그러지 못했던 이유는 Y와 떠난 첫 여행의 설렘이 묻어있어서이다. 물건의 쓰임이 다했어도, 하물며 훼손되었어도 그 물건의 가치는 사라지지 않는다. 오히려 더욱 애틋해질 뿐. 입지 못해도 구석 한편에 티셔츠를 남겨두는 것만으로도 그날의 기분을 옅게나마 느낄 수 있으니까.

그것들은 아마도 버려질 것이다. 마음은 변하기 마련이고, 공간이 필요해져 어쩔 수 없이 정리해야 할 날이 오기도 할 테니까. 붙잡고 있던 마음을 놓을 때 오히려 더 큰 자유가 온다는 걸 아는 나이가 되었다. 티셔츠를 버린다고 해서 나에게 큰일은 벌어지지 않을 것이다. 그리고 당시의 기억이, Y와의 시간이 사라지지도 않을 것이라는 걸 안다. 중요한 것은 건 마음뿐이라는 것도.

상자에 물건을 담다 보니 내가 일상을 영위하는 데 쓸모 있는 것은 하나도 없다. 그럼에도 많은 물건들이 다시 나와 함께하게 됐다. 엄마가 보면 아빠랑 똑같다고 핀잔을 줄 것이 분명했지만, 나에겐 아직 필요한 물건 인걸. 이런 나도 나를 어쩔 수 없다. 무엇으로도 마음의 빈곤이 채워지지 않는 날, 침대 밑 이 작은 상자에 담긴 시간들을 꺼내보다 보면 피식 웃게 될 것만 같아서. '언 젠가를 위해 남겨두었으니 나 몰래 버릴 생각일랑 마세 요, 엄마. 이건 상비약 같은 거라고요.'

자정이 넘어서야 텅 빈 방에 누워 잠을 청했다. 이렇게 넓었던가. 새삼 물건의 의미가 느껴지는 밤이었다.

폭염

8월의 폭염, 태양이 모든 이를 녹여버릴 듯 뜨겁다. 사정없이 내리쬐는 햇빛에 난 눈도 제대로 뜨지 못하고 이내 곧 어지러움을 느꼈다. 반쯤 감긴 눈으로 해변을 바라본다. 눈꺼풀 사이를 파란 바다가 비집고 몰려온다. 천천히 부서지는 파도의 거품이 간지럽게 온몸을 뒤덮는다. 아이들의 웃음 소리와 파도치는 물결. 어쩌면 이곳에서 여름이 생겨난 것만 같다.

마음이 꽉 막혔던 어느 날, 파도 소리를 검색하고 한참을 들었다. 엉킨 마음이 어서 멈추기를, 괜찮았던 날의 나를 기억해내 이 밤을 무사히 견뎌내기를 하염없이 빌었다. 파도 소리를 끊임없이 들었다. 정체 모를 향수鄉愁였다.

꿈결에
걸려온
전화

3부

밤의 야광

집 안 곳곳에 작은 야광 피규어가 있다. 욕실과 주방, 침대 옆 탁자에도 있다. 이들은 '스미스키smiski'라는 이름을 가진 유령처럼 생긴 초록빛의 인형인데, 누워있기도 하고 요가 자세를 하고 있기도 하다. 때론 칫솔을 드는 기능적 역할을 수행하기도 하는 등 다양한 용도로도 존재한다.

이 인형의 존재는 팬인 H 씨로부터 선물을 받고 알게 되었다. H 씨는 공연을 자주 보러 왔고 SNS 메시지를 통해 위아더나잇과 함병선의 음악으로부터 힘을 얻고 있다는 감사의 인사를 전하곤 했다. 그는 인형은 물론 젤리, 카세트테이프, 영양제 등 내가 좋아할 법한 것들과 건강에 좋은 것을 살펴 선물해주었는데, 그때마다 손 글씨가 빼곡히 적힌 편지도 함께 담아주었다. 편지에는 음악을 통해 자신이 느꼈던 행복이나 슬픔, 돌파했던 일상들, 좋아하는 책의 구절 등이 적혀있었다. 그때마다 난 내가 뭐라고, 이런 무한한 애정을 주는 걸까, 하는 생각과 함께 음악가라는 직업을 가진 덕분에 내가 실제보다 더 나은 사람처럼 보이는 것에 대해 쑥스러움과 감사함, 책임감을 동시에 느꼈다. 이름밖에 모르는 누군가와 음악을 통해 이런 속 깊은 이야기를 나눌 수 있다니, 어쩌면 마음이 닿아있을지도 모른다는 생각에 묘한 동질감도 생겨났다. 그리고 초록빛의 아이들은 집 안 곳곳 늘어나기 시작했다.

야광이라는 것은 단순한데 신기한 부분이 있었다. 평소 눈에 띄지 않다가도 빛이 모두 사라질 때면 덩그러니, 어디선가 조용한 빛으로 주위를 밝혔다. 태양으로부터 축적해놓은 빛의 기운이 있기에 전기도 건전지도 필요 없다. 불은 켜고 싶지 않은, 그저 작은 인기척이 필요하다고 느껴지는 날, 나는 이 작고 은은한 빛을 내는 초록 야광 인형을 바라본다. 그럴 때면 집 안 곳곳 숨겨진 초록빛의 인형들이 마치 외로움을 즐기는, 사색으로의 여행을 떠나는 완벽한 동반자가 되어 묘한 안정감을 갖게 한다.

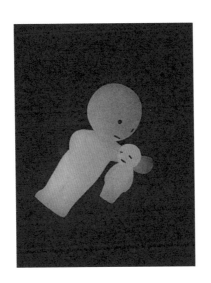

늦은 오후에 한 연예인의 자살 소식을 들었다. 뉴스는 빠르게 생산되었고 댓글은 넘쳐났다. 일면식도 없는 그의 부재가 비현실적으로 느껴졌다. 화면 속에서 환하게 웃음 짓던 그의 얼굴이 떠올랐다. 그는 지난밤 스스로를 얼마나 할퀴었을까. 대체 무엇이 그를 그 선택으로 이끌었을까. 어째서 죽음을 삶보다 더 나은 선택이라고 생각하게 됐을까. 당신에게는 야광 인형이 없었을까. 그 작은 빛이라도.

소란했던 주위가 가라앉고 불안한 욕망이 한소끔 끓어 오른 후 비로소 혼자가 되는 순간, 어떤 이에게는 울음이, 어떤 이에게는 웃음이 가득하다. 꽤 어두운 밤이다.

세라의 독백

영화 〈라스베가스를 떠나며〉는 마이크 피기스 감독의 1996년도 작품이다. 옛날 영화를 좋아하는 나는 최근 정원중의 추천으로 다시 이 영화를 되새기게 되었는데, 처음 봤던 그때에도 누군가 추천해줬던 기억이 난다. 스무 살 무렵, 당시에도 꽤 지난 영화 축에 들었던 이 영화는 의외로 나에게 그렇게 큰 인상을 주지 못했다. 그저 떠오르는 것은 전체적인 분위기 정도인데 영화 전반에 흐르는 우울함 외에 특출남은 없는, 약간의 독특함만 있는 영화였다. 그런데 이번에 본 느낌은 달랐다.

영화에는 벤과 세라라는 남녀가 등장한다. 할리우드의 극작가였던 남자 벤은 알코올중독자 신세가 되어 주변 사람들은 물론이고 가족까지도 그의 곁을 떠나게 한 상태이다. 몸과 마음은 한없이 망가지고 있었으며, 거의 죽어가고 있었다. 어느 날 그는 가진 돈을 모두 챙겨 라스베가스로 떠난다. 그곳에서 한 여자를 만나게 되는데, 그녀가 바로 세라이다. 그녀의 직업은 창녀로, 벤은 세라에게 돈을 줄 테니 하룻밤을 보내자고 제안한다. 아무것도 하지 않고 그저 이야기를 들어달라는 벤의 부탁에 세라는 시간을 보내고 그러다 둘은 사랑에 빠지게 된다. 두 사람은 함께 일상을 보내며 세라의 집에서 키스를 나누고, 잠을 자며 음식을 나눠 먹는다. 벤은 자신에게 술 마시지 말라는 요구만은 하지 말라고 하고, 세라는 그가 죽어가고 있었지만 그를 인정하고, 휴대용 술병을 선물하기도 한다. 그렇게 시간이 흐르고, 둘은 헤어지게 되고, 시간이 흘러 벤의 행방을 수소문했을 때 그가 낯선 모텔의 침대 위에서 죽어가고 있는 걸 발견한다.

스무 살이었던 그때도, 지금도 이들의 관계를 완벽히 공감하기는 어렵다. 사랑이란 무릇 관계 유지를 위해 내가 할 수 있는 최선을 다하는 게 맞지 않나. 이렇게 스스로를 파괴할 때까지 두는 게 무슨 사랑인가 싶지만, 아직까지도 곱씹을 거리가 남아 톺아보는 이유는 이 영화가 사랑의 본질을 떠올리게 하기 때문이다. 결과적으로 관계는 파괴되었지만, 서로를 있는 그대로 두고 인정하기란 얼마나 어려운지. 그런 면에서 벤과 세라가 의미 있는 사랑을 했다고도 볼 수 있다. 우리는 가끔 사랑한다는 이유로 그 사람을 나에게 맞게 고치려고 하거나, 나와 다른 점은 밀어내고 불만을 표시하기도 한다. 사랑한다고 표현하지만, "그러니까 나를 위해 변해줘"를 강요한달까.

많은 매체에서 부부나 연인 간의 갈등을 다룬다. 당사자들은 마치 법정에 앉은 것처럼 서로의 잘못을 경쟁하듯 늘어놓고, 그를 바라보는 사람들은 그들의 단편적인 부분만 보고 저마다의 말을 보탠다. 하지만 우린 알지 않는가. 남녀의 문제는 그리 간단하게 시시비비를 가릴 수 없고, 그래서 될 일도 아니라는 것을. 그리고 그 누구도 쉽고 간단하게 충고로 상황을 정리할 수 없다는 것을. (물론 범죄의 경우는 다르다.)

서로가 서로에게 느꼈던 터질 듯한 모든 매력이 어느 날 죽일 듯 미운 단점으로 보일 때가 있다. 사람들은 그 순간을 관계의 끝이 희미하게 드러나는 순간으로 인지하기도 한다. 그런데 잊어서는 안 된다. 마음이 변할 수는 있지만, 그건 나의 변화이므로 상대를 탓해서는 안 된다고. 그건 너무 비겁한 거라고.

문득 어떤 날의 내가 떠오른다. 그곳엔 상대를 있는 그 대로 바라보던 내가 있었다. 그리고 우리는 서로의 결함까지 포함하기로, 안아주기로, 더 나은 삶을 위해 성장하기로 약속했다. 애석하게도 지금 그 마음은 바래긴 했지만, 열기는 온전히 남아있다. 가끔 떠올린다. 생의 마지막까지 함께하자고 다짐했던 취한 그날의 내 눈빛을. 온전히 인정하고 사랑하자고 맹세했던 그날의 우리를.

말할 수 있는 비밀

열두 살 때쯤, 학교 내에 '교환 일기'라는 것이 유행했다. 친한 친구와 작은 공책을 주고받으며 함께 빈 페이지를 채우는 방식이었다. 둘만이 만들어가는 세상 속에는 들키고 싶지 않은 자신의 내밀한 일상이 적혀있었고, 주로 이성보다는 동성 친구끼리 주고받는 경우가 많았다.

지금 와서 떠올리면 동성 친구와 그토록 다정한 대화를 기록해나가는 것이 몹시 낯간지러운 일이지만, 당시에는 자연스러운 일이었다. 그도 그럴 것이 이성 친구와 말을 섞거나 놀이터에서 아는 체라도 할 때면 여지없는 '얼레리꼴레리'가 들려왔고 이것은 어린이 사회의 엄중한 지탄이었다. 그래서 과장된 결백을 주장하기도 했는데, 여자 짝꿍과 앉아있는 것이 괜스레 고역스럽다 여겨 책상에 금을 긋고 서로 넘어오지 말라며 으름장을 놓기도 했다. 그때는 모든 게 서툴렀다. 귀엽고 동글동글한 모양들이 모여 괜히 뾰족한 척을 하던 시절, 사실 나는 이성과 무슨 이야기를 나누어야 할지, 누가 말이라도 건다면 어떻게 자연스럽게 대꾸해야 할지 도무지 정보가 없는, 자의 반, 타의 반 말이 없는 아이였다.

다행히 내게도 교환 일기를 주고받던 친구가 있었다. 그 안에는 앞자리에 앉아있는 애가 방귀를 뀌었는데 모른 체했던 일이나 학원 영어 선생님이 이상형이라는 귀여운 자기주장, 그리고 함께할 주요 스케줄(학원 끝나고 돌아오는 길에 스티커 사진을 찍자 같은) 등이 적혀 있었다. 우린 딱히 건넬 말이 없을 때도 동물 스티커를 붙이거나 외계인 그림을 그려 일기를 건네곤 했다. 특별한 사건이 벌어지지 않더라도 소통하고 있다는 그 자체, 서로가 교감하고 있다는 그 사실이 포인트였다. 관계가 돈독해질수록 일기장은 두꺼워졌고, 쉬는 시간 잠깐 자리를 비우고 돌아올 때면 책상 서랍에 손을 넣어 더듬거려 일기장이 도착해있는지 확인하는 것이 일상의 큰 즐거움이었다. 서랍 속을 아무리 더듬거려도 일기장이 건드려지지 않을 때는 혹시 친구에게 무슨 일이 생겼나 조바심이 났고, 네모 뭉툭한 모서리가 손끝에 닿으면 무슨 이야기가 담겨 있을까 너무 궁금해 얼른 수업 시간이 끝나기만을 기다렸다.

그러나 이토록 애틋했던 우리의 대화는 오래가지 못했다. 1년이 채 되지 않았을 무렵, 사춘기의 회고와 외계인 그림이 담긴 일기장은 내게 돌아오지 않았다. 점차 인간관계가 확대됨에 따라 어울리는 친구가 달라졌고 이후로 반이 갈라지기도 하면서 자연스레 사이가 멀어졌다. 함께 공유하던 일상은 줄어들었으며, 하굣길 함께 수행하던 우리의 스케줄은 다른 친구와 함께였다. 나역시 일기를 건네는 일이 더 이상 흥미롭지 않았다. 그 친구의 하루가 궁금하지 않았다. 그렇게 우리는 쓰기를 그만두었다. 몇 년이 흐르고 더 이상 이성 친구와 말을 섞는 것이 겁나지 않을 무렵, 초등학교, 중학교 동창 J에게 메시지가 왔다.

「병선아, 어떻게 지내니. 나야.
아직 일산에 있어? 나 연기 학원을 차렸어.
우리 언제 한번 보자.」

그는 내 교환 일기의 마지막 상대였다. 연락이 닿은 것은 근 13년 만으로 마치 외계인에게 문자를 받은 것처럼 얼떨떨한 기분이 들었다. 설렘과 걱정이 섞인 불안하면서도 반가운 그 기분. 간단한 안부 인사와 함께 답장을 보냈다. 언제 한번 시간을 맞춰보자는 말과 함께.

163

J와 나는 초등학교 시절 절친한 사이였다. 그러나 중학생이 되면서 소통이 없어지게 되었다. 각자의 세계를 키워나가던 시기였다. 다만, 그의 소식은 근근이 접할 수 있었는데 그 이유는 J의 엄마와 우리 엄마가 동네에서 함께 모임을 하며 친하게 지내셨기 때문이다. 그래서 J의 소식은 스무 살이 될 때까지도 엄마를 통해 건네 들을 수 있었는데, 그는 배우가 되고 싶어 했고 연극영화과에 진학했다고 했다. 그것이 내가 알고 있는 그의 마지막 소식이었다. 연락을 받은 후 어릴 적 J에 대해 떠올려보았다. 그는 끼도 인기도 많은 아이였다. 자라며 점점 소심해지는 나와 다르게 J는 특유의 사교성으로 주변을 항상 친구들로 붐비게 했고 앞장서 놀이를 주도했다. 그리곤 그가 전한 연기 학원을 차렸다는 소식에 대해서도 더듬었다. '그래…. 배우가 되고 싶어 했다고 했지….' 그러나 그 일이 쉽지는 않았을 것이다.

난 음악을 업으로 삼으며, 꿈과 현실의 간극을 메우는 일이 얼마나 어려운 것인지 잘 알고 있었다. 그의 꿈이 여전히 현재 진행형인지 아니면 새로운 꿈의 시작일지 그가 보내온 근황만으로는 알 수 없었다. 다만, 어떤 선택을 했건 누구보다 그의 입장을 이해할 수 있을 것 같았다. 그래서였을까. 내 일상에 없던 인물인 그에게 동질감이 생겨났고, 그가 궁금해졌다. 때마침 만난 동네 친구 M에게 이 소식을 알렸다. 그런데 그의 표정이 완벽히 밝지 않음이 느껴졌다. M은 잠시 머뭇거리다 말을 꺼냈다.

"병선아, 나도 들은 거라 정확하지는 않은데 말이야. J가 요즘 조금 힘든 상황이 있나 봐. 주변에 돈을 빌려달라는 전화를 하는 것 같더라고. 혹시나 그런 이유로 연락을 했을지도 모르겠어. L도 얼마 전 그런 전화를 받았대."

M은 뜻밖의 이야기를 꺼냈다. 마음이 복잡해졌다. M과 L, 그리고 얼마나 더 많은 사람들이 J에 대해 미묘한 불편함을 갖고 있는지 그리고 J가 내게 그럴 의도로 연락을 했든 아니든 내가 그에게 돈을 빌려줄 만큼의 형편이 되지 못한다는 사실이 오히려 마음 한편을 쪼그라들게 했다. 혹시 M의 말이 사실이면 어쩌나, 만났을 때 돈을 빌려달라고 하면 뭐라고 거절해야 하나 먹구름 같은 고민이 몰려왔다. 결국 나는 J와 약속을 잡지 않았다. 다행이라고 해야 할지 J도 이후 연락해 오는 일이 없었다. 약속 날짜를 정해보자고 한 것이 우리의 처음이자 마지막 대화였다.

지금도 J가 왜 나에게 연락을 했는지 알지 못한다. 그저 우연히 핸드폰을 뒤적이다 반가운 마음이 들었거나 혹은 새로운 출발을 알리는 연락을 하고 싶었는지도 모른다. 어쩌면 M의 말대로 피치 못할 사정 때문에 돈이 필요했을 수도 있겠다. 살면서 그런 일은 수도 없이 벌어지니까. 그랬다면 급한 마음에 돌고 돌다, 수없이 머뭇거리다 연락이 끊긴 나에게까지 연락을 했을 것이다. 나는 나의 사정을 그대로 드러내고 미안하다고 말했어야 했다. 도움이 못 돼 미안하다고.

그 후 오랫동안 그에게 재차 연락하지 않았던 나의 무심함에 대해 떠올렸다. 뭐가 그렇게 두려워 죽고 못 살던 오랜 친구의 반가운 연락에 커피 한잔하자는 말도 제대로 꺼내지 않나, 나는 어떤 사람인가 하는 생각이 들었다. 벌어지지도 않은 일을 가지고 어쩌면 상대에게 상처를 주었을지도 모른다는 번잡한 생각들이 꼬리에 꼬리를 물고 이어졌다. 생각을 곱씹을수록 문제는 J가 아니라는 걸 깨달았다.

나는 자신이 없었다. 그 소문이 사실이든 아니든 간에. 나에게는 다시 J와 관계를 새로 이어나가고, 진심으로 대화하고 주고받을 마음의 여유 같은 건 남아있지 않았다. 추억이라는 이름을 빌려 오늘날 건넬 말이 없었다. 그 오래전, 서로의 성장을 함께 지켜보며 응원하고 웃

으며 나누었던 다정한 대화들은 그렇게 그대로 덮어버렸다. 문득 내 심장이 가난하게 느껴졌다. 어쩌다 내가 이리도 차갑고, 무감한 인간이 되어버렸을까. 우린 세상에서 가장 가까웠고, 가장 따뜻했는데.

언제든 목소리를 듣고 마음을 나눌 수 있는 세상이면서 한편 가장 매몰차고, 손쉽게 마음의 문을 닫고 살 수 있는 세상임을 문득 깨닫는다. 우리가 어쩌다 이렇게 되었을까. 스스럼없이 마음을 터놓고 기다리던 그 마음은 다 어디로 간 걸까. 이제 다시 오지 않는 걸까. 이제 우리에게 말할 수 있는 비밀은 사라져버린 걸까.

인정이 부족해
잘 살아가고 있다

문득 혐오가 걷잡을 수 없이 번식하는 이 시대를 꽤 잘 적응하며 살아가고 있다는 생각이 들었다. 아마도 내가 인정人情이 부족한 사람이라서 그런 게 아닐까 하는 생각과 함께. 나는 한 톨의 감정도 빼앗기기 싫어 애정이나 분노 같은, 일말의 에너지도 살뜰히 아껴 절제하는 편이다. 때문에 모든 일에 '기대'라는 것을 하지 않는 편인데, 만약 이 세상에 나 같은 사람만 가득했다면 세계의 중대사, 민주주의를 위한 투쟁 같은 일은 어쩌면 없었을 것이고, 이제껏 암울한 시대가 이어졌을 거라는 생각이 든다.

내 유년 시절은 불합리가 합리로 통하는 시대였다. 그때는 작은 범법 행위 같은 건 경찰관의 주머니에 현찰을 쑤셔 넣어주며 무마하는 일도 비일비재했다. 그리고 선생님에게 뺨을 맞거나 가혹한 체벌을 받아 집에 가도 선생님을 책망하기보다 오히려 잘 봐달라는 촌지를 건네는 일이 다반사였다.

그렇게 비인간다움을 맞닥뜨리는 일이 반복될수록 나는 더욱 건조해지고 차가워졌다. 그런 일의 여파로 창작자라면 응당 수반되어야 하는 인간을 탐구하는 일에 흥미를 느끼지 못하게 된 것이다. 여성과 약자를 착취하고, 선한 얼굴로 그것을 돈과 맞바꿔 은밀하게 즐기고 나아가 피해자를 죽게 하고, 운전 실수로 많은 사람을 죽게 하고, 동물을 학대하고도 죄책감 따위 왜 느껴야 하는지 모르는 듯한 태도의 사람까지. 아무리 악한 사람도 사회가 보듬어줘야 한다는 처벌의 한계가 종종 나를 무력감에 빠트리곤 했다. 내 마음이 버티기에는, 무조건적으로 인간에 대한 믿음과 사랑을 가지기에는 이 세상이 약자에게 그리 따뜻하지 않은데 왜 그래야 하는 걸까 의문이 들었다.

나는 무력감과 분노 때문에 창문을 닫는 날이 늘었고, 마음의 안정을 위해서는 무관심과 커피 내리는 일에 집중하는 편이 낫다고 생각했다. 그저 내게 주어진 하루를 무탈하게 살고 싶다는 생각을 하면서.

층간 소음으로 다툼을 벌이다 이웃 부부를 살해한 30대 남성의 기사를 보았다. 기사의 댓글엔 이렇게 적혀있었다. '옛날이 참 좋았지, 지금은 세상이 너무 각박해.' 문득 나의 평화가 깨진 듯한 느낌이 들었다. 마치 옛날엔 좋은 일만 많았고, 사람들이 너그러웠으며 이해심이 많았다는 투의 토로는 목 뒷덜미를 뻐근하게 만들었다.

커피를 내리며 생각했다. 그리고 숨을 크게 쉬었다. 그러고는 댓글을 단 누군가가 내 앞에 있는 듯이 나도 모르게 작게 중얼거렸다. "옛날이 좋았던 게 아니에요. 뭐가 그렇게 좋았을까요. 당신이 지금 너무 각박하다고 느낀다면 그건 당신이 좋은 기억만 가지고 살아왔거나, 운이 좋게도 이해만 받아왔거나, 타인의 양보나 배려를 당연스레 누리며 불합리한 건 겪지 않고 내내 존중받으며 살아왔다는 뜻이에요. 그것도 아니라면, 이 모든 일은 드러나지만 않았지 당신도 나도 모르게 어딘가에서 벌어져왔던 일이고요."

마음이 불쾌하게 흔들리고 말았다. 하지만 이내 평온을 되찾을 것이다. 인간에 대한 기대를 하지 않는 것. 그것이 내가 일상을 유지하는 방법이고, 인간을 더 이해할 수 있는 방법이니까.

카레 만들기

최근 들어 밥을 차려 먹으려고 노력한다. 해가 지날수록 사 먹는 음식보다 직접 만들어 먹는 것이 좋아지기도 했을뿐더러 속도 편하기 때문이다. 그리고 내가 좋아하는 간과 맵기 정도를 선택할 수 있고 양도 조절할 수 있으니, 만족도도 높고. (주문할 때 눈치를 볼 필요도 없으니 금상첨화다.) 그렇다고 요리에 재능이 있다거나 센스가 있는 건 아니어서 메뉴가 그렇게 다양하진 않다. 그저 맑은 물에 장을 풀어 넣고 끓이기만 하면 되는 된장찌개나 역시 물에 콩나물을 넣고 간만 맞추면 되는 콩나물국 같은 메뉴를 주로 번갈아 만들어 먹는다. 가끔 물에 넣는 양념과 재료를 조금씩 바꾸어가며 변주를 주기도 하는데, 메인 주제는 바꾸지 않는다. 따라서 주재료인 된장과 콩나물은 우리 집 냉장고의 절대 존재이기 때문에 항상 구비해두고 있다. 하지만 아무리 맛있는 음식이라도 일주일이나 해 먹다 보면 질려버릴 수밖에 없다. 그럴 때는 비장의 특식을 만든다.

내가 할 수 있는 요리 중 가장 훌륭한 특식은 카레이다. 카레를 만드는 일은 비교적 최근부터 시작했는데, 원래도 좋아했지만 더 좋아진 음식으로 맛이나 영양적으로도 훌륭하고 만들기도 간편해서 언제든 색다른 기분을 내고 싶을 때 만들어 먹는다. 간을 미세하게 맞출 필요도 없고, 실패하기가 쉽지 않아 무엇보다 합리적인 음식이라는 생각이 든다. 또 갑작스럽게 냉장고 문을 열어도 언제든 만들 수 있는, 집에 남아있는 아무 재료나 넣고 끓여도 맛이 보장되는, 고로 '무엇이든 받아주는' 포용력 있는 메뉴이다. 그리고 어떤 재료를 넣느냐에 따라 이름이 달라지는 것도 재밌다. 소고기가 메인이라면 소고기 카레가 되고, 채소를 넣으면 채소 카레가 된다. 냉장고에서 굴러다니며 처치 곤란했던 재료가 카레와 만나면서 생기를 되찾고 주인공까지 되는, 성장 서사가 있는 음식이기도 하다.

나는 그중에서도 양파만을 넣고 오랜 시간을 들여 종종 카레를 만들어 먹는다. 카레와 만났을 때 가장 좋은 시너지를 내는 재료는 양파라고 생각한다. 오직 양파와 시간만이 필요할 뿐, 다른 것은 필요하지 않다. 잘게 썬 양파를 프라이팬에 넣고 오랜 시간 타지 않도록 볶아 진득하고, 풍미 가득한 상태로 만들어준다. 달콤하고 감칠맛이 넘치는 캐러멜라이징 과정을 거쳐 하얀 양파를 갈색이 되도록 곱게 치대듯 볶았다면 거의 성공이다. 카레를 넣고 타지 않게 약불로, 그리고 물을 넣고 불 조절을 해가며 느긋하게 저어준다. 그러다 보면 마지막에는 양파의 건더기가 거의 느껴지지 않을 정도로 녹아버려 국물에 단맛과 감칠맛만이 남게 된다. 카레를 한 국자 퍼 비스듬히 떨어뜨렸을 때, 걸리적거림이 없고 진득한 끈적임과 부드러움이 동시에 느껴진다면 완성이다.

무언가 아쉽다고 느껴진다면 계란프라이나 두부 같은 것들을 고명으로 올려 먹어도 좋다. 하지만 나는 아무것도 추가하지 않은 채로 주로 먹는다. 단순하면서도 명확하게 카레와 밥, 이 두 가지 맛에 집중할 수 있게 되어 좋다. 카레를 먹겠다고 결심하는 날엔 밥을 필수로 지어야 한다. 새로 지은 밥과 함께했을 때 비로소 완성이기 때문이다. 잘 불린 쌀을 쾌속이 아닌 정속도로 충분히 익혀서 몹시 뜨겁고, 고소하게 밥을 짓는다. 밥 짓는 속도에 맞춰 양파가 듬뿍 담긴 프라이팬을 차분하게 빙빙 저어가며 식사 준비를 할 때, 제대로 된 한 끼를 먹겠다는 내 의지가 느껴져 웃음이 나온다. '… 나란 인간….
참 열심히도 사는구나….'

이럴 때면 스스로가 좀 더 괜찮은 사람, 이를테면 '건강
하고 부지런한 현대인'처럼 느껴질 때도 있지만, 대개는
밥 차리는 데 시간을 너무 많이 쓰는 건 아닌가 하는 자
아 성찰과 나아가 시간 허비일지도 모른다는 허무함에
도달하기도 한다. "취사가 완료되었습니다." 이윽고 밥
솥의 반가운 알림 소리가 등 뒤로 들려온다. 집 안에 카
레 냄새가 퍼지고 밥 냄새가 진동한다. 뜨거우니 한 김
식혀 먹어야겠다. 카레 만들기란, 어쩌면 꽤 행복한 일
인지도 모르겠다.

누나

사실 내겐 누나가 있었다. '있었다'와 '사실'이라는 단어의 선택에 대해 의아하게 느낄 수도 있겠지만 나로서는 이 표현으로밖에 설명할 수 없는 것이 사실이다. 내게 혈육이 있다는 사실은 가족을 제외하고, 주변의 극히 소수의 사람만 알고 있는 이야기다. 내가 누나의 이야기를 하려는 이유는 그가 분명히, 존재했기 때문이다.

나와 여덟 살 차이가 나는 그는 중학생 시절 무렵부터 가출을 일삼았고, 부모님에게 붙잡혀 끌려오기를 반복하다 결국 열일곱 살쯤 완전히 집을 나가버렸다. 엄마와의 심한 트러블로 인해 서로가 서로를 포기한 지경에 이르렀기 때문이다. 그로 인해 누나에 대해 남아있는 기억은 몇 없는데, 그나마도 남아있는 건 그의 방에 관한 것이다. 누나의 방은 가수 신승훈의 카세트테이프와 포스터 그리고 그의 사진으로 꾸며진 필통이나 포장된 책 같은 물건들로 가득했다. 항상 굳게 닫혀있던 그 방은 밤에도 불을 켜는 법이 없어서 어쩌다 문이 열릴 때면 어둡고 무거운 빛이 조용하게 새어 나왔다. 누나는 자신의 방을 벗어나는 일이 거의 없었다. 그러다 어쩌다 밖으로 나올 때가 있었는데, 부모님이 계시지 않을 때 슬쩍 나와 밥을 먹거나 아니면 아예 밖으로 나가는 경우였다. 누나는 밖으로 나가면 한참을 돌아오지 않았다. 내가 초등학생이 될 무렵 누나의 방은 사라졌다. 부모님은 누나가 어디로 갔는지, 왜 우리의 집에 없는지 그의 행방에 대해 일절 언급하지 않으셨다. 나 또한 어린 나이에도 느낄 수 있는 공기의 무게가 있었기에 누나에 대해 지독히 그리워하거나(그러기엔 우린 너무 거리가 있었다.) 집요하게 캐묻지 않았다. 그렇게 누나의 존재는 그가 방에 틀어박혀 웅크리고 지내고 있을 때처럼 눈에 보이지 않게 되었고, 그렇게 그의 존재감은 점차 흐릿해졌다. 지금 생각해보면 같이 살던 누나가 사라졌는데 어째서 상실감 같은 게 느껴지지 않았을까. 너무 어렸던 걸까. 참 이상한 일이다.

그러다 내가 열세 살쯤 되었을 때, 누나가 집으로 오겠다는 연락을 해 왔다고 했다. 누나는 아빠와 1년에 한 두 번, 연락을 하고 지내고 있었다. 누나의 나이 스물이나 스물한 살 정도 되었을까, 성인이 된 누나는 곧 결혼을 할 예정이라고 남편이 될 사람과 인사를 하러 오고 싶다고 했다. 아빠는 자신이 딸과 연락을 하고 지낸다는 사실을 엄마에게 딱히 알리지는 않았는데(그렇다고 딱히 숨기지도 않았다.) 엄마는 아마도 두 사람의 교류를 알고 있었던 듯하다. 자신과 사이가 멀어지긴 했어도 가족과 연을 끊지 않고 아빠와 연락하며 지내는 누나를 엄마는 모른 척하며 지냈고, 몇 년 동안 아빠와 이어진 통화에서 전화를 넘겨받거나 누나의 근황을 궁금해하는 일은 전혀 없었다. 하지만, 그날은 달랐다. 엄마는 굳은 결심을 한 듯 누나의 방문을 수락했고 누나를 포함해 누나의 새로운 가족과 함께 밥을 먹기로 약속을 했다. 엄마의 목소리에서 화해의 의지가 느껴졌다.

하지만 아빠에게 전해 들은 그날의 상황은 전혀 달랐다. 내가 생각했던 눈물의 상봉이나 애틋한 재회 같은 따뜻한 내용은 없었고 다소 급진적인 상황만이 있었다. 집에 온 누나는 술에 취해 옛날에 자신에게 왜 그랬냐고 엄마에게 욕설을 퍼붓고, 밀치며 한바탕 소동을 부렸다고 했다.

그날 이후 엄마는 누나에 대한 마음을 완전히 닫게 되었다. 그녀은 인간도 아니라며, 치욕스럽고 분해 그날을 잊을 수 없다고 했다. 엄마는 이날 이후 가슴을 치는 날이 많았다.

두 사람은 더 멀고 아득한 사이가 되었다. 깊어진 감정의 골은 바닥을 뚫고 들어가 끝 모를 심해 속으로 깊숙이 가라앉았다. 둘은 다시는 이어지지 않을 끊어진 다리의 양 끝에 서, 돌아보는 일 없이 서로 등을 돌린 채 걸어갔다. 서로의 표정이 어떤지 평생 알고 싶지 않다는 듯이. 앞으로도, 영원히. 아무 말 없는 엄마도, 어렴풋이 기억나는 누나의 얼굴도 몹시 슬픈 채로.

나에게 그날의 기억은 하나도 남아있지 않다. 아마도 방에 들어가 일찍 잠들었던 것 같은데 어째서 근처의 기억조차 떠올리지 못하는 걸까. 그 정도의 갈등이 벌어졌다면 분명 시끄러운 소리가 났을 텐데. 돌이켜볼수록 이상한 일이다. 어쩌면 기억하기 싫어 선택적으로 머릿속에서 지운 걸 수도 있다.

그렇게 시간이 한참 흘러갔고, 매일 홍대를 들락거리던 스물 중반 즈음, 모르는 번호로 전화가 왔다.

"네, 여보세요."

"병선아 누나야."

조금은 술에 취한 목소리, 얼굴조차 기억나지 않는 사람…. 누나였다. 순간 멍한 기분이 들었다. 한여름 땡볕 아래에서 느꼈던 현기증 같은 기분과 비슷했다.

"어…. 누나. 잘 지내?"

나는 이제 스물 중반이 되었고, 누나는 서른 살이 훌쩍 넘었을 터. 그간 내게 참 많은 일이 있었는데. 누나도 마찬가지겠지.

"병선아, 한번 보고 싶다. 누나 일하는 곳으로 놀러 와."

수화기 너머로 전해 온 소식에 따르면 누나는 그사이 이혼을 했고, 재혼을 했으며 현재는 아이도 있다고 했다. 그리고, 내가 보고 싶다고 했다. 15년 만의 짧고 깊은 대화였다. 생각해보면 함께 살던 때에도 이 정도의 대화를 나눈 적이 없었던 것 같다는 생각이 들었다. 이상한 기분이 들었다. 내가 누나에게 느낀 건 반가움이나 그리움 같은 것은 아니었다. 어쩌면 감정을 못 느낀 것에 더 가깝다는 생각이 들었다. 그리고 그러한 나 자신이 무척 낯설게 느껴졌다. 마치《호밀밭의 파수꾼》속 홀든 콜필드가 된 것만 같았다. 으레 이런 상황에서는 회한의 눈물이든, 벅찬 원망이든, 그간의 인생에 대한 궁금증이든 그 모든 걸 그리움으로 치환해 묻고 묻기 마련 아닌가. 그런데 그런 감정은 일어나지 않았다. 눈물을 흘려야 하는 상황에서 엇나가는 자신을 혐오하기도 하는 홀든 콜필드와 묘한 동질감을 느꼈을 뿐, 그처럼 나도 누나의 목소리를 진심으로 맞이하기 어려웠다.

이후 누나와 몇 번 더 연락을 나누었다. 페이스북 메시지로 이야기를 나누기도 하고, 짧은 통화로 근황을 묻기도 했다. 그리고 얼마 지나지 않아 연락은 끊어졌다. 우리의 대화는 손으로 그려질 만한 크기의 동그라미 밖을 벗어나지 못했다.

10년도 더 지난 지금, 가끔씩 누나가 떠오른다. 지금은 어디에 살고 있는지, 아이들은 잘 컸는지 하는 정도의 마음으로. 큰 그리움이나 애틋한 감정은 여전히 아닌 것 같고. 하지만, 이제 난 그의 아픔을 조금이나마 짐작할 수 있는 나이가 되었다. 어린 날들의 방황, 동떨어진 세계에 홀로 있는 것 같은 외로움, 서운함, 이해할 수 없는 사람들…. 그리고 마음의 상처. 오롯이 떨어지는 감정의 비를 맞아야 했던 그녀의 삶이 얼마나 고되었을까. 신발이라도 잘 신고 다녔을까.

'누나, 건강히, 잘 지내고 있기를. 진심으로 행복을 바랍
니다. 수민 누나.'

초록의 춤

벨소리가 날카로웠다. 두 번이나 울렸을까. "병선아, 어떡해." 오열하는 엄마의 목소리, 그건 분명 비명이었다. 난 정신을 바짝 차렸다. "엄마 침착해야 해. 최대한 빨리 갈게. 조금만 기다려." 약국에 들러 위장약을 사고 택시를 불렀다. 마치 벼락같았다.

2023년 7월 15일 아빠가 세상을 떠났다. 본가에서 나와 독립해 산 지 1년 반 정도가 됐다. 그전까지 정말 많이도 싸우며 지냈는데 아빠는 매사에 고집불통이었고, 그와 대화하는 일은 세상에서 제일 괴로운 일 중 하나였다. 나와 살면서 좋았던 것은 소소한 모든 것이었다. 냉장고에 아무렇게나 음식을 넣어두는 사람도, 정체 모를 잡동사니가 널브러져 있는 걸 볼 일도 없어지자 신경이 곤두서는 일도 사라졌다. 그리고 좀 더 다정한 사람이 될 수 있다는 것이 가장 좋았다. 아빠와 거리를 두니 오히려 마음의 여유가 생기면서 미움도 차츰 사그라들어 가끔 밥 챙겨 드시라는 말을 건넬 만큼의 심적 여유도 생겼다. 아빠와 나는 그만큼의 거리가 필요한 사람들이었다.

그런데 이제 가늠할 수 없는 정도의 거리로 멀어지게 됐다. 더 이상 아빠에 대한 내 미움이 커지는 일이 없게 되었다. 영영, 그의 소식을 알기는 어려울 것이다. 반신욕을 한 것이 아빠의 마지막 행동이었다. 집으로 경찰과 의사가 차례대로 다녀갔고, 나는 병원 운구차를 몰고 온 사람과 함께 욕조에서 아빠를 꺼냈다. 그의 몸은 차갑게 굳어가고 있었다. 엄마는 근처에도 오지 못하고 두려움에 떨고 있었다. 나는 아빠의 시신을 마주하는 일에 주저할 틈이 없었다. 그 어느 때보다 침착하고 비장했다. 하지만 내가 평생 사랑하고 살던 반려자가 죽었다고 생각하니 저절로 고개가 떨렸다.

아빠의 입관식엔 내 노래가 흐르고 있었다. 그는 표현하진 않았지만 아들의 음악을 즐겨 듣는, 나름 아들에게 애정을 가진 여느 집 아버지였다. 엄마는 장례지도사에게 그래도 된다면, 아들의 음악을 틀어두고 수의를 입혀드려도 되겠냐고 물었다. 나는 입관식이 처음이었다. 친할머니가 돌아가셨을 때도, 외할머니가 돌아가셨을 때도 참석하지 않았다. 시신을 보게 되면 내가 지닌 죽음에 대한 공포와 트라우마가 커질 것이 두려웠기 때문이다. 그런데 걱정과는 달리 내 눈앞에 누운 이는 두려운 존재가 아닌 아빠일 뿐이었다. 평생 아빠의 얼굴을 이렇게 오랫동안 똑바로 바라본 적이 없었다. 정성스럽고, 부드럽고 나긋하게 아빠를 바라보았다. 익숙한 노래가 흐르고 아빠에게는 새 옷이 입혀졌다. 그렇게 엄마와 나는 아빠에게 이 땅에서의 마지막 인사를 건넸다.

막 불을 뚫고 나온 아빠의 유해는 타오르는 7월의 날씨보다 뜨거웠다. 엄마는 삶이 참 허무하다며, 이렇게 한낱 가루로 남겨질 거 뭐 그리 모나고 외롭게 살았느냐고 원망 섞인 그리움과 지나간 세월의 허망함을 토해냈다. 아빠를 모시기로 한 장소로 가는 길, 가파른 언덕을 오르자 유골함에서 가슴으로 열기가 전해져 땀이 났다. 목적지에 도착하자 깊게 파인 공간이 나타났다. 그곳은 매우 좁고 길게 느껴졌다. 보잘것없어 보이기도 했다. 난 상자를 열어 컴컴한 저 아래로, 땅 깊숙이 뼛가루를 흘려보냈다. 그리고 흙을 덮고 마지막으로 땅 위를 발로 꾹, 꾹, 밟았다.

당황스러웠다. 뭔가 그를 짓이기는 듯한 느낌이 들었기

185

때문이다. 그러고는 곧 공포의 전율 같은 것이 몰려왔다. 결국 인간의 끝이란 이리 묵묵하고, 자연스럽고, 볼품없고 외로운 것일까. 숨이 끊어지면 이토록 거짓말처럼 다 사라지는 것인데 매일 밤 내게 찾아오던 그 먹먹한 번뇌는 무엇이며 잠 못 이루게 했던 모든 불안은 얼마나 하찮은 것인지. 나는 매사에 감정을 재고, 숨고 먼 발치에서 썩지도 않는 검은 비닐봉지마냥 흉한 모습으로 울고만 있었구나, 하는 자괴감이 몰려와 고개를 들 수 없었다. 아빠는 흙이 되고, 새싹이 되고, 나무가 된다고 했다.

돌아오는 길, 차 안은 고요와 적막이 뒤섞여있었다. 엄마와 나는 내내 창밖만 바라봤다. 그곳은 장례지도사의 말처럼 주변이 뻥 뚫려있었고 제법 경치가 좋은 곳이었다. 아빠가 점점 멀어지고 있었다. 감정을 억눌렀던 탓인지, 얼굴이 고장 난 듯 제 맘대로 일그러졌다. 흐려지는 창밖의 나무들은 바람에 휩쓸려 춤을 추고 있었다. 어떤 것은 뾰족하고 어떤 것은 동그랗고 들쑥날쑥한 모양의 나무들은 죽음의 춤을 추는 것처럼 멈추지 않고 이리저리 휘청거렸다. 마치 저마다의 사연을 넋두리하는 것처럼 생생한 표정으로 맹렬히 흔들렸다. 나무마다 혼이 실린 것처럼, 초록의 물결은 마치 커다란 달이 뜬

밤바다처럼 두렵고 새삼스러웠다.

'그래. 아빠는 저들과 함께 있으니 외롭지 않을 거야. 그럴 거야.' 일그러진 얼굴을 감쌌던 손을 거두고 심호흡을 했다. 그리고 창밖의 나무들을 보며 다짐했다. 엄마를 잘 지키겠다고, 뭐든 감사히 간직하며 살아가겠노라고. 나무숲은 꽤 길었고, 초록의 춤은 한참이나 계속됐다. 맑은 날이었다.

긴장감

8년이나 옮기지 않고 다니는 미용실이 있다. 1인이 운영하는 조그만 크기의 가게로, 오랜 시간 함께하다 보니 대충 의견을 전달해도 실패할 확률이 거의 없다. 미용사는 이미 오랜 단골인 나의 두상 생김새와 스타일, 취향을 모두 파악하고 있기에 그가 화를 삭이지 못해 삭발을 감행하는 폭주만 아니라면 앞으로도 계속 그에게 나의 멋을 맡길 생각이다. 내가 이렇게 한곳을 오래 다니게 된 데에는 그를 신뢰하는 이유 말고도 다른 이유가 하나 더 있다.

언젠가부터 내겐 내 의지와 상관없이 좌우로 고개가 떨리는 일종의 틱Tic 증상이 생겼다. 이 증상은 일상 중에는 나타나지 않다가 고개를 꼭 가만히 두어야 하는 특정한 상황에 발현되곤 했는데, 하나는 사진을 찍을 때

이고 하나는 이렇게 머리카락을 자를 때였다. 사진사가 셔터를 누르려는 순간, 고정되어 있어야 한다는 생각과 미용실에서 섬세한 가위질이 필요해 고개를 꼭 고정해야 할 때 증세는 어김없이 발현되었다. 보통의 사람에겐 참으로 별것 아닌 상황이지만 나는 이 상황이 주는 일종의 긴장감이 버거워 이상 행동을 보였고, 그 뒤로 사진 촬영이나 미용실에 가는 것이 어려워지기 시작했다.

처음 이 증상을 발견한 것은 고등학교 때였다. 졸업을 앞둔 시기 주민등록증 발급과 졸업 사진, 여권 발급 등을 위해 사진관에 자주 들러야 했는데 사진을 찍기 위해 자세를 잡으면 나도 모르게 고개가 부르르 떨렸다. 증상을 마주한 초반에는 떨림이 미세했기에 긴장 때문이겠거니라고 생각했는데 그런 날은 계속 반복되었고, 사진사 아저씨의 "학생, 움직이면 안 돼요"라는 말을 반복해서 들을수록 나에게 무슨 문제가 생겼구나, 라고 확신하게 되었다. 그런데 이 증상은 미용실에서 커트를 할 때 더욱 심하게 발현되었다. 그 사실을 안 후 나는 미용실에 갈 때마다 "제가 머리를 흔들 수도 있어요. 신경 쓰지 말고 자르시면 돼요"라고 미용사에게 당부하게 되었다.
편안한 표정으로 당부를 건네긴 했지만 어떤 상황이 생

길지 예측할 수 없으므로 긴장에 불안까지 더해져 시간이 얼른 지나기만을 바랐다. 어떤 날은 고갯짓을 멈출 수 없던 적도 있었다. 당부를 듣긴 했어도 혹시나 자신의 가위질이 잘못되어 내가 다치거나 커트를 망칠까 미용사는 더욱 조심스럽게 대했고, 그럴수록 난 더 신경이 곤두서 움츠러들고 심장박동은 요동쳤다. 이러한 상황이 계속되며 미용실 방문은 내게 빅 이벤트로, 긴 마음의 준비가 필요한 일이 되었다. 미용실 문밖을 나설 때면 식은땀에 옷이 젖거나 과도한 긴장 때문에 두통이 올 때도 있었다. 그렇게 멋과 스트레스를 동시에 얻는 생활이 지속되었다.

그것이 무엇이든 간에 처음 하는 일을 남들보다 잘해낸 적이 없었다. 매듭 묶는 방법을 배울 때도, 미술 시간에 그림을 그릴 때도, 엑셀 프로그램의 기본 사용법을 배울 때도 몇 번씩 오랜 시간 반복해야만 남들과 비슷하게 하는 정도였다. 누군가 가끔 10년 전, 20년 전으로 돌아가고 싶냐고 물을 때가 있는데, 나는 그 질문이 끔찍하게 싫다. 혹시 지금의 상태로 돌아간다면 모를까, 다시 그 수많은 것들을 극복해야 하는 순간을 떠올리면 숨 막힐 듯 모든 일이 버겁게 다가온다. 불안감에 휩싸여있던 그 시절의 나는 내가 잘할 수 있는 일은 하나도 없다고 믿었고, 운명이라는 것이 있다면 제발 내게 조금의 힌트라도 주기를, 안정감을 느끼는 보통의 삶을 살 수 있게 해주기를 매일 바라고 소망했다.

나뿐만 아니라 많은 사람들이 다양한 틱으로 고생을 하고 있다는 걸 안다. 누군가는 눈을 깜빡이고, 입을 삐쭉거리거나 손가락을 가만히 두지 못하는 경우도 있다. 틱의 원인으로 가장 많이 꼽히는 것이 바로 불안과 긴장이다. 이 감정들은 특히 나처럼 누군가의 앞에서 나를 보여야 하는 직업을 가진 사람이라면 일에 지장을 받기도 하는데, 나의 경우 짧게는 한 달, 길게는 석 달 정도 긴 시간을 들여 준비한 무대에 오르자마자 첫 곡의 가사를 잊어버린다든지, 노래의 절정 부분에서 호흡이 엉켜 순간 기침을 하여 일을 망쳤던 적도 있다.

나도 어쩔 수 없는 신체 반응이 표출될 때면 공연장을 찾은 관객들에게 미안함과 창피함을 느꼈고, 결정적으로 재능의 한계를 느꼈다. 보통의 경우 무대 위에서의 긴장감은 꾸준한 연습과 경험으로 사라진다고 하는데, 내겐 그런 말이 무색하게도 음악을 시작한 지 10년 정도가 되었을 때 이 증상이 나타나 지금까지도 나를 괴롭히고 있다.

위아더나잇이 새로운 스타일을 시도하고 발표한 〈티라

미수 케익〉과 〈깊은 우리 젊은 날〉은 우리의 기존 색깔이던 록 사운드를 배제한 서정적 분위기의 곡들로 팬들께 많은 사랑을 받았다. 나와 멤버들 모두 악기의 구성과 연주는 물론, 목소리의 질감까지 새로운 곡에 맞추어 바꾸어야 했는데 오랜 시간 노력했음에도 막상 부대에 설 때면 변화에 익숙지 않아 하는 나의 어색함이 관객에게 고스란히 전달되었다.

공연을 망치는 일이 늘어났고 스스로 만족하지 못하고 자책하는 일이 계속됐다. 도무지 어쩔 수 없는 나의 마음이 자꾸만 일을 그르치자, 그때부터 나는 곡 발표에 많은 비중을 두는 '스튜디오형 뮤지션'의 모습을 그려나가기 시작했다. 새 앨범에 들어가는 곡을 녹음할 때면 그에 맞는 목소리를 찾기 위해 집착했고, 작업 시간을 더 확보하기 위해 상주하는 엔지니어가 없는 빈 스튜디오를 빌려 만족할 만한 결과물이 나올 때까지 목소리를 녹음하고 편집했다. 불안은 여전했지만 나름의 방법을 찾자 막막함에서 느꼈던 무력감은 느끼지 않아도 되었다.

얼마 전 한 작곡가가 이런 말을 했다. 무대에 올라가 완벽한 자신을 꿈꾸는 사람들이 정작 실수를 하고 평소보다 못한 모습을 보여줄 때가 많다고. 자신의 머릿속에서 무대 위의 발걸음부터 제스처까지 모두 계산하기 시작하면 오히려 변수가 생길 때 더 무너져 내린다고. 강박에 사로잡혀 정작 중요한 것을 놓치고 있는 내 모습이 떠올랐다. 관객은 무대 위에서 몰입한 채 뛰어노는 나를 보고 싶어 온 것일 텐데.

그의 말이 나에게 어떤 힘이라도 준 걸까. 나는 무대를 온전히 받아들이기로 마음을 먹었다. 무대 위 내가 바라는 이상적인 모습이나 치밀하게 계산한 동선 같은 것들은 미뤄두고 많은 부분을 현장의 것으로 비워두기로 했다. '그래, 살아있는 표정과 솔직한 내 모습만 보여주자. 그것이 호응을 얻지 못해도 어쩔 수 없는 거야. 스스로의 한계를 인정하고 진짜 나를 보여주는 연습을 하자.'

이러한 생각의 변화는 내게 큰 전환점이 되었다. 즉각적인 결과를 가져오지는 않았지만 무대 위에서 조금씩 재미를 느끼게 됐다. 긴장감은 여전했지만 마음가짐은 확연히 달라져 관객의 표정도 조금씩 살피게 됐다. 어쩌면 아무런 감정이 느껴지지 않는 것이 더 최악이라는 생각이 들었다. 앞으로 살아가면서 수많은 낯선 상황과 예상치 못한 일을 마주할 텐데, 그때의 감정을 '당연한 긴장감'으로 여기고 한 발 나아가보는 것도 좋겠다는 생각이 들었다.

예정된 위아더나잇 소극장 투어를 앞두고 머리를 자르

러 갔다. 영현이(오랜 사이라 사장님이라고 부르지 않고 서로 이름을 부르는 사이가 되었다.)는 출산으로 인해 석 달 정도 가게를 쉬었는데, 결혼 생활은 어떤지, 아기는 얼마나 예쁜지, 남편은 어떤 성격을 가지고 있는지 작고 중요한 일상을 나누었다.

"오빠 얼굴이 좋아 보여요."

"그런가, 아마 살이 쪄서 그런 것 같은데. 아, 최근에 일이 잘 성사돼서 드라마 O.S.T.에도 한 곡 수록될 것 같아. 그리고 글도 쓰고, 새로운 일들을 조금씩 해보려고 해. 어려운데 재밌더라고."

가게를 나섰다. 그리고 그날 처음으로 고개를 흔들지 않았다는 사실을 알았다. 이런 적은 처음이었다. 그리고 두 달 후 다시 미용실을 찾았을 때 고개는 여전히 흔들렸고 나는 아무렇지 않았다.

새

내 젊음을 가만히 곱씹다 보면 엄마가 생각나. 엄마도 많이 막막했을까. 아마 그랬을 거야. 그때는 더 힘들었을 것 같아. 그래도, 모두에게 더 순수한 시절이었을까. 아니겠지. 그때도 나쁜 사람은 여전히 많았을 테니까. 억울한 일도 많았을 거고. 맞아, 자유롭지 못했잖아. 지금처럼 먹을거리나 놀거리가 다양하지도 않았고. 아닌가, 더 가볍고 더 꿈꾸며 사랑했으려나. 그러니까, 사람 사는 것 같았을까.

엄마. 다시 태어나면 새로 태어나고 싶다고 했잖아. 언제든 원하는 곳으로 훨훨 날아가고 싶다고. 가끔 가슴이 답답해 아무것도 할 수 없을 것만 같다고. 여전히 내일이 막막하고 두려워, 정말 나 때문에 버티는 거라고.

항상 뭐가 그렇게 내게 고마워. 난 다정하지 않잖아. 매번 아무 말 없이 밥을 먹고, 같이 술이라도 한잔할 때면 엄마한테 핀잔을 주기도 하고. 가끔 아빠 흉이나 보면서, 엄마는 대체 뭐 이리 어렵게 사냐고, 이제 좀 편하게 살라고 잔소리만 하잖아.

엄마. 내가 새가 될 수 있게 해주고 싶었는데, 그러지 못했어. 그리고 그럴 수 있을지도 모르겠어. 그런데 있잖아, 나도 새가 되고 싶거든. 언젠가 나란히 날 수 있을까? 그냥 모든 게 미안해. 미안해.

지구인

나는 무엇을 믿으며 살아갈까. 삶의 뿌리가 되어주는 나만의 구심점은 무엇일까. 나는 종교를 가지고 있지 않다. 성장하면서 누군가 나에게 권하지도 않았고, 어른이 되어서도 스스로 필요성을 느끼지 못했다. 살아가면서 무언가를 인생의 구심점으로 삼고, 믿고 또 때로는 의지할 것인가에 대해 가끔 생각한다. 나에겐 왜 없는 걸까. 종교가 아니라면 사람이든, 글귀라도.

지금껏 믿음의 대상은 없었지만 닮고 싶은 이들은 여럿 있었다. 그것은 동경에 가까웠으리라. 초등학교 시절 같은 반 친구 J가 축구하는 모습이 멋져 보여 한동안 그의 웃는 모습이나 말을 더듬는 습관을 따라 하기도 하고, 스무 살엔 세계여행을 다니며 자신이 겪은 에피소드를 묶은 다카하시 아유므의 《LOVE&FREE 러브 앤 프리》

라는 책에 빠져 작가 특유의 낭만적이고 재치 있는 삶의 태도를 추앙하기도 했다. 특히 비가 오거나 고생스러운 여정 속에서도 '괜찮아, 어찌 되었든 인생은 흘러갈 거야, 똥을 쌀 거야'라며 자신감을 뿜어대는 작가의 모습을 닮고 싶었다. 여유와 낭만이 있으면서 어딘가 이상하지만 멋이 있는, 세상의 다양한 경험을 통해서 얻은 누구도 침범할 수 없는 자신만의 개성을 가진 사람이랄까.

다행스럽게도 나에게 실제로 그런 사람이 있다. 그는 '도사킴'이라는 닉네임을 가진 인물로 나의 20대부터 지금까지 어디선가 불쑥 나타나 내게 말을 걸고는 했다. 속 깊은 대화를 나눠본 적은 없지만, 같은 업계에 있는 사람으로 홍대 문화를 다루는 잡지사 기자로 일하며 나에게 인터뷰를 요청하기도 하고 어떤 때는 음원 유통 회사의 커뮤니케이션 담당자로서 이야기 나눌 기회가 주어지기도 했다. 그와의 만남은 매번 즐거웠다. 긍정적이고 사려 깊은 태도 그리고 좋은 에너지가 내게도 전해졌기 때문이다. 그와 일 얘기를 나눌 때면 무엇이든 잘 협의할 수 있었고, 앞으로 어떤 일이 생기든 잘 해결할 수 있을 거라는 믿음이 들었다.

언젠가 우리는 미팅을 마친 뒤 만남에 대한 반가움을

쉬이 꺼트리지 못하고 술 한잔을 마시며 사담을 나누게 되었다. 대화의 주제는 각자 좋았던 여행지에서의 경험에 대한 것이었다. 그는 최근에 암스테르담에 다녀온 이야기를 해주었는데, 그곳의 분위기와 날씨 그리고 영국의 글래스톤베리 페스티벌에서 관람한 언더월드의 공연을 보며 느낀 황홀감에 대해 전해주었다. 나는 지난여름 런던 여행 중 맥주를 마시러 들어간 한 펍에서 느낀 놀라울 정도의 시끄러움과 태국의 작은 섬 꼬따오의 바다 색과 아름다움에 대해 말했다. 우린 공통적으로 그곳에 사는 사람들이 가진 여유가 좋았다고, 우리가 모르고 지내지만 지구 반대편에서는 이런 일상에서 이런 풍경과 나무 사이에서 사람들이 웃고 걸으며 그렇게 지내고 있다는 게 신기하다고 했다.

그러고는 자연스럽게 요즘 우리의 이야기로 이어졌다. 무엇이든 빠른 시대, 영상도 이야기도 노래도 사람들의 생각도 하물며 택배까지도 사람들은 왜 기다려주지 않는 걸까. 어째서 여유가 다 사라져버린 걸까, 하고 안타까워했다. 그리고 사랑에 대해서도. 나는 예의를 갖고 서로의 마음을 살피는 시간 대신 자극적인 것만 좇는 것이 너무 괴롭다고 했다. 사실 이건 연애에만 국한된 것이 아니었다. 신문기사나 뉴스만 봐도, 굳이 내용을 보지 않아도 제목을 통해 꽤 자주 마음에 자극을 받고 있었다. SNS가 사람을 죽게 하기도 한다는 이야길 하며 한숨을 쉬었다. 그러자 도사킴이 말했다.

"병선아, 우리는 지구인처럼 살자."

순간 머리 위에 느낌표가 번쩍하고 떠올랐다. 오랫동안 고민해왔던 답을 발견한 것 같았다. 나는 그동안 삶의 여러 순간을 지나며 나다움을 찾는 과정을 보내고 있었다. 그 과정마다 갈증을 느꼈던 나는 누구인가, 어떠한 태도를 가지며 살아가고 싶은가, 나아가고자 하는 방향은 무엇이며 내 삶의 캐릭터는 어떻게 한마디로 정의할 수 있을까 궁금했다. 어디 살고, 어떤 일을 하며 어떤 MBTI를 가지고 있는 그런 사람 말고, 피부가 까무잡잡하다는 소리 말고 말이다. 내가 살고 싶은 캐릭터는 '지구인'이었다.

그가 도사처럼 보였다. 앞으로 누군가 당신은 어떠한 사람이냐고 묻는다면, 난 이렇게 답할 것이다. "지구인이요. 땅에 발붙이고 사는 사람이요. 바다에서 헤엄치기도 하고, 음식을 지어 먹으며 사는, 지구인이요"라고.

편의점과 냉소

사람도 거의 다니지 않는 늦은 밤, 홀로 환한 빛을 내고 있는 편의점 간판을 보며 도시의 등대가 있다면 이게 아닐까, 라고 생각한 적이 있다. 갑자기 두통약이 필요하거나 새벽에 놀러 온 친구가 위스키를 들고 와 얼음이 필요할 때도 집 주변에 편의점이 있다면 안심이다. 도시의 등대. 그곳엔 언제나 음식과 물이, 심지어 술이 있다. 그리고 그곳엔 항상 사람이 있다.

난 여러 아르바이트를 해왔는데, 가장 오래 했던 일이 편의점 일이다. 늦은 밤 시작해 새벽에 끝나는 야간 근무를 주로 했다. 밴드 활동을 하다 보면 갑작스러운 일정이 생기므로 이를 고려해 병행할 수 있는 시간대를 고른 것이다. 피곤했지만 참으면 그만이었다. 일이 있는 날엔 잠을 조금만 줄이면 해결됐다. 무엇보다 큰 장점이 있었는데 주어진 업무를 마치면 책을 읽거나, 간단한 음악 작업을 할 수 있었다. 편의점에서 내가 해야 할 일은 자정쯤 도착하는 택배 차에서 새 음료와 음식들을 받아 매장에 채우고 창고를 정리하고 하루 동안 쌓인 쓰레기 버리기와 커피 머신 청소 등, 손님이 뜸한 시간을 이용해 내일의 영업을 준비하는 것이었다. 하면 할수록 일의 숙련도는 높아졌고 마치는 시간도 점점 빨라졌다. 밤 열 시부터 시작해 보통 새벽 네 시쯤이면 웬만한 일들은 모두 정리할 수 있었다.

힘든 일이 아예 없는 건 아니었다. 나를 가장 힘들게 했던 건 천장까지 쌓인 라면 상자도 분리수거도 졸음도 아니었다. 바로 온갖 유형의 사람들이 언제든 들이닥친다는 거였다. 이 공간이 마치 '인간 잡화점'처럼 느껴진 적도 있었다. 계산대 앞에서 소변을 보려는 중년의 취객, 다짜고짜 "막걸리!"라고 외치며 내가 꺼내주기 전까지 계산대 앞을 막고 있던 노인, 밖에서부터 통화하며 들어와 고래고래 욕설을 늘어놓는 여성, 신분증 없이 떼 지어 들어와 술을 팔라고 협박하는 (누가 봐도) 아이들, 계산하고 돈 던지고 가는 사람, 차로 쓰레기를 싣고 와 굳이 편의점에 버리고 가는 사람….

반말하는 사람은 그야말로 애교였다. 처음엔 뭐 이런 사람들이 다 있지, 하며 속앓이를 했었지만 이조차 시간이 흐를수록 무뎌지고 대처하는 방법도 깨닫게 되었다. 1년쯤 지나자 웬만큼 이상한 일도 일상으로 느껴졌다. 물론 좋은 사람도 있었다. 매일 새벽, 같은 시간 출근길에 들러 아메리카노를 마시던 점잖은 아저씨, 그리고, 그리고…. 그냥 평범하게 하루를 닫거나, 여는 사람들. 도시의 불빛만이 일렁이는 어두운 밤, 따뜻한 빛을 내며 항상 누군가를 기다리는 편의점이라는 공간에서 나는 나를 사랑해주는 팬이나 관객이 아닌 여러 타입의 사람들을 만나며 많은 것을 깨달았다. 모두는 아니지만, 꽤 많은 사람들이 냉소적으로 상대를 대했다. 사람들은 왜 날카롭고 가난한 마음으로 찾아와 눈앞에 존재하는 따뜻함을 제대로 보지 않을까. 따뜻한 불빛은 어디에나 있는데. 나 역시 나의 존재를 냉소적으로 바라보게 될 때쯤, 편의점 일을 그만두었다.

가끔 편의점을 방문할 때면 근무자의 표정을 쳐다보게 된다. 저 사람은 무슨 기분일까, 얼마나 일했을까, 어떤 사람일까 생각해보면서. 그곳엔 내가 있었다. 불 켜진 곳을 찾아 들락거리는 수많은 차가운 이들과 함께. 등대를 지키는 일은 실로 고독하다. 그건 등대를 찾는 이도 마찬가지이다. 길을 잃거나 마음이 헛헛할 때 우리는 기댈 곳을 찾는다. 서로가 서로에게 불빛이 필요하니까. 냉소는 아무런 도움이 되지 않는다. 오늘도 편의점은 홀로 빛을 내고 있다. 누군가의 온기를 기대하면서.

돌아올 준비

여행은 떠날 곳을 정하고 비행기 표를 끊는 순간부터 시작된다. 그곳의 날씨부터 가고 싶은 음식점의 위치, 잠시 쉬어갈 숙소까지, 마주하게 될 순간들을 머릿속 가득 채우고 색칠한다. 그러다 보면 꼭 행복이 예약되어 있는 것처럼 느껴진다. 상상은 언제나 현실보다 자유롭고 거대하다. 최대한 꼼꼼하게, 천천히 여유 있는 속도로 짐을 싸고 일상을 보내며 오늘은 속옷과 칫솔을, 내일은 흰 티셔츠와 책 몇 권, 모레는 스테인리스 술잔과 물안경을. 꼭 필요한 짐부터 여행지에서의 기분을 더해줄, 잠시 떠나 살기 위한 것들을 차곡차곡 챙기며 그날만을 기다리는 것도 여행의 일부로 둔다. 여정이 길수록 짐 싸기는 치밀하고 즐겁다.

스물네 살 때 발리로 2주간의 여행을 떠났다. 여행이라면 기껏해야 사흘 안의 일정이 다였던 내게, 2주라는 시간은 마치 세계 일주를 떠나는 듯한 흥분을 가져다주었다. 현실에서 멀리 달아나 그곳에서는 정말 숨어버릴 수도 있지 않을까 하는 묘한 기대감에 차 떠나는 날만을 손꼽아 기다렸다. 더디게 흘러가는 시간은 하루를 더 질척이게 만들곤 했다. 때론 목덜미에 식은땀이 나는 것 같았다. 그리고 마침내 마주한 그곳의 낯설고 생경한 삶의 풍경들은 나를 단숨에 집어삼켰다.

나는 그토록 원하던 이방인이 되어 섬 곳곳을 마음에 눌러 담기 시작했다. 유난히 바스락거리던 햇살과 생명력 넘치는 바다, 길가에 떨어진 썩은 바나나와 시장 한편에 널려있는 형형색색의 채소들까지, 그저 감탄하며 오롯이 순간에만 집중해도 되는 하루가 계속됐다. 시간이 흐르는 것이 아까워 자꾸만 뒤를 돌아보기도 했다. 그런데 일주일쯤 지났을까. 곧 알 수 없는 불안감에 휩싸였다. 낯섦의 자극들이 익숙해지면서 더 이상 이곳이 새로움만이 아닌, 여느 때와 같은 하루가 흐르는 생의 보통 날로 다가왔기 때문이다. 그제야 망각의 보자기에 싸 던져둔 저 먼 곳의 내 처지가 떠올랐다.

그때의 나는 오도 가도 못하고 멈춰있었다. 몇 달 후 군대에 가야 했고 그로 인해 이제껏 해오던 밴드 활동을 중단해야 했다. 앞날의 계획이란 건 나에게 없었다. 그저 매일 밤 괴로워하기만 했다. 이제껏 음악가로 살며 유의미한 성과를 내지 못했다는 자책과 스스로 시간을 낭비한 것은 아닌지, 인생을 이대로 두어도 될지 생각하며 지난 과거를 들추고 또 들추어 상처를 냈다. 나는 미래를 조각하기엔 연약하고, 병든 마음을 가진 초라한 청춘이었다. 그때의 난 누구라도 미워할 수 있었다.

이곳에 오기 위해 넉 달 동안 피시방 아르바이트를 했고, 그만두기로 한 마지막 달에 비행기 표를 끊었다. 당시 나에게는 떠나오는 것만이 유일한 계획이었다. 허망한 인생의 회고와 함께 계속 그곳에 있기엔 내가 너무 불행한 것 같았다. 일상을 벗어나 떠나오면 새로운 행복이 나를 맞아줄 것 같았다. 그런데 일주일을 보내자, 이런 내 꼴이 참 우습다는 생각이 들었다. 떠나오기 전 될 대로 되라는 마음으로 아무렇게나 벗어 던져둔 옷들과 잡동사니로 넘쳐나는 질서 없는 내 방의 풍경은 마치 내가 버린 나 자신 같았다.

이곳의 태양이 강하게 쪼아댈수록, 그림자는 깊어지고 마음은 날카로워졌다. 어서 이 여행이 끝나기를 바랐다. 형형색색의 나무와 풀, 바스락거리는 바람, 푸르게 넘실

대는 파도가 더 이상 아름답게 보이지 않았고, 나는 그 어떤 것에도 집중할 수 없었다. 어서 집으로 돌아가고 싶었다.

서울로 돌아가는 비행기 안, 오랜 시간 버려둔 나를 만나러 가는 길인 것처럼 설렘이 느껴졌다. 내가 떠나왔던 처음이 있는 그곳으로 돌아가 진정 바라는 삶은 어디에 있는 건지, 앞으로 어떻게 살지, 마주하기 두려웠던 현실을 피하지 않고 품자, 그제야 마음이 편안해졌다. 또 다른 여행의 시작이었다.

이제 군대도 다녀왔고, 뮤지션으로서 여전히 어떻게든 잘 살고 있다. 어느덧 서른 후반이 된 나는 떠나기 전, 짐을 꾸리는 일보다 더 중요한 것이 있다는 것을 안다. 그것은 '돌아올 준비'이다. 짐 한두 가지는 빠져도 된다. 가장 먼저 살펴보아야 할 것은 현실과 이상을 오가며 그 괴리감에 어쩔 줄 몰라 하는 괴로운 마음이다. 그때는 알지 못했다. 삶의 불안을 끌어오는 것 역시 여행의 일부라는 것을.

여행을 통해 느끼는 모든 감정은 삶에 대한 새로운 의미를 갖게 한다. 여행은 단순히 현실에서 벗어난다는 것, 그 이상의 의미다. 그리고 반드시 준비해야 할 게 있다. 그것은 바로 오늘을 정성스레 살아가는 마음이다.

그 마음이 겹겹이 쌓였을 때 진정으로 떠남을 만끽할 수 있다.

그리고 여행지에서 내일을 살아갈 힘을 얻는 거다. 한낮의 땡볕에도 추위를 느끼며 끝없는 질문을 던지기도 하면서. 여행이란 어쩌면 집을 나서자마자 펼쳐지는 나의 삶으로 향하는 순간이다. 그리고 나를 되찾는 일이다. 이제 안다. 지구 반대편이나 집 앞 산책을 나설 때도 돌아올 준비가 필요하다는 것을. 여행이란 매 순간 나를 돌보고 사랑하는 일이다.

우리의 말

둘은 동시에 말을 꺼내려다 멈추고는 멋쩍게 웃었다.

"우린 같은 말을 하려고 했었나 봐요."

침묵이 흘렀고,
서로는 하늘을 보거나 지나는 사람을 구경했다.

얼마나 지났을까.

어쩌면 이것이 우리가 나눌 수 있는
가장 깊은 대화일지도 모르겠다는 생각이 들었다.

지난 마음이
지나가던
날

4부

안경

초등학교 5학년 때인가, TV 속 연예인의 안경 쓴 모습이 멋있어 따라 하고 싶었다. 엄마에게 눈이 잘 안 보이는 것 같다고 거짓말을 하려고 했지만 학교에서 검사한 시력은 1.5. 나쁜 시력을 어필하기엔 너무 좋은 시력이라 보안경이라도 사달라고 떼를 썼지만 엄마는 들어주지 않았다. 그렇게 철없이 안경이 끼고 싶어 시력이 얼른 나빠졌으면 좋겠다고 생각하던 어느 날, 정말 내 기도가 먹혔는지 시력이 많이 떨어졌다는 결과가 나왔다. 하지만 가속이라도 붙은 것인지 매년 시력은 계속 낮아져 안경이나 렌즈 없이는 생활이 불편한 지경에 이르렀다.

어른이 된 지금, 왜 그렇게 안경에 집착했는지 그때의

나에게 꿀밤을 먹이고 묻고 싶다. 이따금 콧등에 안경
자국이 새겨질 때면 그때가 떠오른다. 쉬는 시간 친구
를 졸라 그의 안경을 빌려 쓰고 거울 앞에서 고개를 이
리저리 돌려보며 만족하던 내 표정은 마치 내가 그 연
예인이라도 되는 것처럼 자신만만했고, 의기양양했다.
시력이 떨어져 결국 안경점으로 향하던 길, 어서 가자
재촉하는 나를 엄마는 걱정 어린 표정으로 바라봤다.
뭐가 그리 좋았을까. 걸을 때마다 낙엽이 바스락거리던
선선한 가을 오후 내 발걸음은 솜사탕처럼 가벼웠지만
엄마의 손은 묵직했다.

어느새 안경에 뿌옇게 김이 서리는 계절이 왔다. 안경을
빼 전용 수건으로 닦으며 후– 하고 입김을 내뱉는다.
철없는 그 아이는 안경을 쓴다는 게 훗날 얼마나 귀찮
은 일이 될지 감히 상상도 못 했겠지.

그때는, 내가 잘못 생각했어, 엄마.
미안.

완벽한 외로움

외로움을 즐기는 사람이 많아졌다지만 '외롭다'라는 말
이 썩 긍정적으로 다가오는 것은 아니다. 외로움의 사
전적 의미를 보면 '혼자가 되었을 때 쓸쓸함을 느끼는
것, 즉 혼자가 된 상황에 결핍을 느끼는 감정'이라고 나
와있다.

나는 외로움이 좋다고 말하고 다녔다. 혼자 밥을 먹거
나 카페에 가는 것, 홀로 극장에서 영화를 보는 게 자유
로워 좋다고 외로움이 체질인 것 같다고 여겼다. 실제로
내가 가장 맛있게 밥을 먹거나 집중해서 영화를 보는 순
간들은 대개 혼자일 때다. 식사를 할 때 상대방의 식성
과 속도를 고려하지 않아도 되고, 언제나 내가 원하는
메뉴를 천천히 먹을 수 있으며, 옆 사람의 반응을 살피
지 않아도 되어 스크린 속 이야기에 한껏 빠져들 수 있

기 때문이다. 즉 나에게 외로움이 좋다, 라는 의미는 혼자라서 좋은 게 아니라 나 자신에게 최우선의 선택권을 주고 타인에게 방해받지 않는 오롯한 내 시간이 좋다는 의미이다.

나는 사람들 틈에서 어긋날 때 외로움을 느꼈다. 사람들이 모여 어떤 주제에 관해 이야기할 때 동조하지 않지만 모두들 까르르대는 분위기에 애써 히죽대던 내 모습이나, 속물적인 이야기만 늘어놓는 선배의 말에 지루함을 감추고 입술을 꾹 다물 때, 한없이 붐비는 영등포역 지하상가에서 무례하게 몸을 밀치며 지나는 아저씨와 부딪치거나 크리스마스를 앞둔 백화점 안의 명품 매장을 구경하는 가족들을 볼 때 등 사람들이 나와 다르다는 사실을 느낄 때, 세상의 많은 것들이 나와 분리되어 있다는 확신이 들 때 외로움을 느꼈다. 초라함과는 다른 기분이다. 내가 섞일 수 없는 곳을 멀리서 바라볼 때, 스스로가 별종처럼 느껴지거나 남들과 같은 평범한 행복을 누리지 못할 것 같은 기분이 들 때 나는 결핍을 느낀다.

내 존재가 마치 외딴섬처럼 느껴질 때 외로움은 찾아왔다. 사실 혼자라 좋다고 느낀 모든 순간은 밖의 일상이 적당히 굴러갈 때, 비록 살은 붙이고 있지 않지만 목소리나 문자 같은 안부로 마음을 붙이며 살아갈 정체가 있다고 느낄 때 혼자의 시간이 만족스러웠던 것이다. 사실 나는 타인이 꼭 필요한 사람이었다. 때때로 인사치레로 오고 가는 밥 먹자는 메시지도, 박찬욱 감독의 신작 영화에 대한 감상평을 나눌 술친구도 언제나 있어주길 바랐다. 나는 언제나 주변을 힐끗거리며 이곳저곳을 들락거린다. 사람들 틈을 벗어날 마음이 없는 사람처럼.

외로움을 검색하다 바로 아래 '고독지옥孤獨地獄'이라는 말이 눈에 들어왔다. '외로움이 너무도 심해서 지옥과 같이 느껴지는 곳.' 예문으로는 "1년 내내 찾아주는 사람도 없는 이곳은 바로 고독지옥이다"라고 쓰여있었다. 자그마치 1년 내내 찾아주는 사람이 없다라. 어디에도 나를 걱정하거나 궁금해하는 사람이 없다는 것. 그것은 어떤 기분일까. 고독지옥이라는 말로 충분하지 않을 것이다.

외로움이나 고독은 즐기는 것이 아니라는 생각이 들었다. 그리고 누군가를 외롭게 하거나 고독하게 하는 것도 해서는 안 되며 부러 따돌리거나 무관심해서는 안 된다는 생각도 들었다. 누군가에게 그건 마치 지옥처럼 느껴질 테니까. 문득 나를 걱정해주고, 애정을 가져주는 사람들이 떠올랐다. 겨울의 안부를 보내야겠다. 나에게 혼자임이 좋은 걸 알려주어서 고맙다고. 덕분에 혼자 있어도 외롭지 않았었다고.

당신 덕분에

옷장에 오래된 갈색 배낭이 하나 있다. 20년간 음악 활동을 해오며 팬들에게 받은 편지를 모아둔 가방이다. 문득 오래된 안부가 궁금해 편지를 꺼내어 읽었다. 그 안에는 언젠가 중학생이었던, 직장에 출근하던, 아이를 낳았던 사람들의 하루가 있었다. 그리고 몇 줄로 함축된 조용한 애정부터 빼곡히 써 내려간 내 음악에 대한 감상평까지 어느 새벽, 손으로 꾹꾹 눌러 담은 마음들이 있었다.

최근에 '앞으로 음악을 안 하게 될 수도 있겠다'라는 생각을 했다. 정체됨을 느꼈기 때문이다. 그동안 할 만큼 했고 그 결과도 보았으니 이곳에서 멀리 떠나 낯선 동네에서 살 수도 있지 않을까, 하며 조심스럽게 다른 내일을 그렸다. 그런데 그 생각을 헝클어뜨리고 다시 음악을 하게 된 이유는 음악을 사랑하는 내가 좋아서였다. 나의 내면이 소리와 밀접하게 연결되어 있다는 강한 믿음, 그 확신이 음악을 포기하지 않고 여전히 매달려있을 수 있게 했다.

그리고 무엇보다 음악을 만들고 부르며 전하는 내 작은 세계가 관객에게 가 닿아 전혀 다른 형태로 살아 숨 쉰다는 사실이 중요했다. 언젠가 내가 겪은 눈 오는 날의 풍경은 까만 외로움이었으나 어떤 이에겐 일상의 쉼을 주었다고 했고, 누군가는 파도 같다고 했다. 그리고 누군가는 먼저 떠나간 강아지의 흰 털 같다고도 했다. 그러자 그날의 눈을 향한 내 외로운 감정도 변했다. 까맣던 것이 하얘지기도 하고 물이 되어 둥둥 떠다니기도 했으며 부드러운 온기가 느껴지기도 했다. 나에게 겨울은 그런 것이 되었다. 그 모든 과정을 통해서 나는 성장할 수 있었다. 사람들에게 가 새로이 생명을 얻은 음악들 덕분에 세상을 향한 모진 시선을 가진 나는 나를 조금은 좋아할 수 있게 되었다.

'그랬지, 정말. 당신들 덕분에.'

그리고 나를 사랑해주는 사람들과 음악은 나를 솔직하게 만들었다. 편지를 다 읽어 내려갈 때쯤 나는 새로운

사실 하나를 알아챘다. 애초에 음악을 하지 않을 수도 있다는 생각은 역시나 착각이었으며 어쩌면 내 인생에서 음악을 잃을까 두려워하고 있다는 사실이었다. 떠올리기만 해도 집을 잃은 기분이 들어 무서웠다.

어느새 난 얼굴도 모르는 편지 속 그들과 깊은 대화를 나누고 있었다. 그간 불행을 겪을 때마다 움켜쥐었던 마음의 끈이 어디에서 나타났는지, 내가 가장 생생하게 살아있음을 느끼는 순간이 언제였는지 그 어느 때보다 솔직한 내가 되어 숨겨둔 마음을 꺼내놓았다. 그리고 고백했다. 사실 모든 순간에 당신들이 있었다고. 내가 그토록 찾던 설렘과 떨림은 여전히 이곳에 존재한다고. 음악을 계속하고 싶다고.

손에 든 한 편지의 끝에는 이렇게 적혀있었다. '행운을 빌게요.' 나는 그토록 따뜻한, 누군가의 마음 가까운 곳에 살고 있었다. 그리고 작게 읊조렸다. '고마워요. 행운을 빌어요.'

오래된 새 친구

동네 친구들과 모임이 만들어졌다. 어느 날 저녁, 편의점 앞에서 술잔을 기울이던 우리는 이제는 운동을 해야하지 않겠냐며, 다소 건전한 목적의식에 도취되어 의기투합하기로 한 것이다. 의지가 꺾일세라 우리는 바로 다음 주부터 일주일에 한 번 풋살 모임을 갖기로 했다. 평소 움직이는 것을 좋아하지 않던 나였지만, 이 핑계로 친구들 얼굴도 보고 체력에도 도움이 되리라 생각하니 나쁠 것이 없었다. 다만 함께할 멤버가 더 필요했다. 갑자기 결성된 탓에 술자리에 있던 일곱 명이 전부였고, 한두 명이라도 빠지는 날엔 제대로 된 경기를 할 수 없었다. 충원이 불가피했다. 우린 뜸하게 지내던 동창, 직장 동료, 축구를 좋아하던 동네 후배까지 떠올려 연락을 돌렸고, 본격적으로 새 멤버를 모집하기 시작했다.

매주 월요일 밤 아홉 시부터 열한 시까지, 매주 두 시간 특별한 일이 없으면 꼭 참석해 축구를 했다. 급작스레 생겨난 월요일 밤의 새로운 일정은 보통대로 흘러가던 내 일상에 묘한 활력을 주었다.

그간 고등학교 동창을 만나는 일은 거의 없었다. 비슷한 모임이 만들어져도 참석하지 않았다. 내가 친구들과 정반대 방향의 삶으로 걸어가고 있다고 생각했다. 큰 목표나 열의 없이 입학했던 대학 생활 여정은 1년여간의 고심 끝에 중퇴라는 결정을 내리게 되었고, 이후 어쩌다 친구들을 만나게 될 때면 그들이 나누는 자격증 취득 정보나 연봉 높은 회사를 고르는 법 같은 진로와 관련된 이야기에 나는 참여할 수 없었다. 그리고 결정적으로 다른 길을 걷고 있는 나에게 친구들 몇은 말했다.

"너는 하고 싶은 일 하고 살아 좋겠다."

이 말은 뭐라 답할 수 없는 공격으로 마치 큰 바위처럼 내게 굴러왔다. 친구들은 아무런 악의 없이 내 결정이 정말 부러워 한 말일 테지만, 그럴 때면 미래에 대한 불안이 코앞까지 다가와 곧 나를 짓누를 듯 위태롭게 흔들리고 있었다. 친구들이 부러워하는 '좋아하는 일'을 하기 위해서 나는 당장 내일부터 피시방과 편의점 아르

228

바이트를 오가야 했으며 동시에 다음 주에 있을 공연 준비를 해야 했고, 평일에는 아르바이트를 마치고 연습실로 곧장 달려가야 하는 일정에 허덕이고 있었다. 하고 싶은 일을 하기 위해선 감수해야 할 것들이 너무 많았다. 미래에 대한 불안은 덤이었다. 그리고 하고 싶은 음악을 하더라도 그것은 자기만족에 지나지 않는 날도 많았다. 어떤 날은 세 명, 어떤 날은 한 명의 관객이 앉아있을 때도 있었다. 그때마다 나는 생각했다. '하고 싶은 일을 하는 것에 대한 대가를 치르는 중인가? 남들처럼은 아니어도, 내가 좋아하는 일을 하며 생계 걱정을 안 하게 될 수는 없을까.'

내가 좋아하는 것을 좇으면 좇을수록 이게 과정인지, 멈춰야 하는 때인지, 어디까지가 한계인지 알 수 없었다. 자격지심과 열등감으로 채워진 날들이었다. 친구들과 만날수록 이제껏 온 마음을 다해 지켜가고 있는 인디 밴드 뮤지션이라는 나의 직업이 더욱 초라하게 느껴졌다. 나는 친구들이 보고 싶지 않았다.

그러던 어느 날 월요일 모임에서 고등학교 동창 M을 만났다. 그와 나는 10년 만이었다. 그 시절, 우린 같은 반이었던 적도 있었지만 놀랍도록 서로에 대해 잘 알지 못했다. 사실 알려고 하지 않았다는 것이 정확하겠다.

우리는 서로 정반대의 성향을 가지고 있었다. 그는 쉬는 시간이 모자라던 오지랖 넓은 아이였고 난 등교했는지 아닌지 알아채지 못할 정도로 존재감 없는 아이였다. 우린 같은 반에 겹치는 친구가 몇 있어 간간이 얼굴을 보기는 했지만 함께 놀았던 기억은 전혀 나지 않았다.

M이 운동을 나온 지 두세 번쯤 되었을 때 우리가 이웃이라는 사실을 알게 되었다. 서로의 집은 걸어서 5분 정도의 거리였다. M은 그럼 같이 차를 타고 다니면 되겠다고, 다음 주부터 함께 공을 차러 오자고 말했다. 이후 나는 매주 월요일이 되면 M의 차를 기다렸다. 그리고 여느 날과 같이 운동을 마치고 돌아오는 길, 그는 가볍게 맥주나 한잔할까?라며 기분 좋은 제안을 했고, 우린 시원한 맥주를 한 모금 하며 시시콜콜한 일상을 나누었다. 지금 하고 있는 일부터 서로의 이성 친구에 관한 이야기까지. M은 연인의 직장 때문에 장거리 연애를 하고 있었다. 여자친구가 지방에서 몇 년을 지내야 하는 사정으로, 나 역시도 여자친구가 지방에서 학교를 다니던 시기였기에 우린 많은 부분 공감하며 장거리 연애의 좋은 점과 나쁜 점, 그리고 최악으로 나쁜 점에 대해 이야기했다.

대화 내내 섬세한 그의 모습이 낯설었다. 내가 알고 있던 그는 없었다. 그건 M도 마찬가지였을 것이다. 우린 대화가 잘 통했다. 우리는 서로를 예측하지도, 주장하지도 않았다. 의견이 같아도, 의견이 달라도 끄덕거렸고, 남아있지도 않는 예선 기억을 끄집어내는 노력도 하지 않았다. 그땐 그랬지, 라는 추억팔이도 끼어드는 일이 없었다. 일주일에 한 번 만나는 일이 두 번, 네 번으로 이어졌고, 그때부터 집 앞 먹자골목의 맛집 도장 깨기가 시작되었다. 그로부터 꽤 오랜 시간이 지나 동네 술집 사장님들의 근황까지 알게 되었을 무렵 우린 서로에게 물었다.

"그런데 우리가 어떻게 이렇게 친해졌지?"
"모르겠어. 대체 술값을 얼마를 쓴 걸까."
"우리가 같은 반을 1년 했었나, 2년 했었나."
"하하⋯."

그와 알게 된 지 벌써 9년째이다. 이제는 사는 곳이 달라져 서로의 집은 좀 멀어졌지만, M은 여전히 가장 가까운 동네 친구이자 나의 완벽한 누군가가 되었다. M과 나는 며칠 전에도 연애와 건강, 드라마 〈술꾼도시여자들〉의 시청 후기를 나누며 술을 마셨다. 그는 언젠가 제주도에서 전기구이 통닭집을 하겠노라는 나의 꿈에 동참하겠다고 했다. (이뤄지지 않을 거라 생각하는 게 분명하다.) 내년에 여행을 떠나려 한다. 배낭 하나에 간단히 짐을 싸고, 싸구려 숙소에 묵으면서. 오래된 새 친구와 함께. 새로운 일 하나 일어나지 않을 것 같은 날에도, 우리의 대화가 멈추지 않기를 바라면서.

바다의 바다는 어디에 있을까.

바다는 바다가 필요 없을까.

바다는 울고 싶을 때 어디에 기대 우는 걸까.

일기

요즘 나의 하루는 끝이 나지도, 보이지도 않는다. 한 곡의 가사가 써지지 않아 고역을 맛보고 있다. 할 수만 있다면 타임머신이라도 타고 가 곡이 완성된 직후를 엿보고 싶다. 몇 달 후에는 이 어려움 또한 과정이었다고 이야기할 수 있으려나. 정말 몇 달 후가 지나면, 모든 게 지난 일이네, 라고 멋쩍게 웃으며 결과물을 마주할 수 있으려나. 지난겨울, 곡 발표를 포기하고 다음을 기약했다. 사전에 약속된 발매 일정을 취소한 것은 이제껏 없던 일로 음악을 하며 처음 있는 일이었다. 아무리 새 곡을 만들어봐도 결과물이 마음에 들지 않았다.

만족스럽지 않아도 어떻게든 일정에 맞추어 발표하는 건 정말 죽기보다 싫은 일이다. 나는 이제 그만 그동안 스스로를 괴롭혀온 강박에서 벗어나고 싶었다. 그렇게 발매 일정을 미루자, 묘한 해방감이 느껴졌다. 나 스스로 만든 견고한 벽을 파괴하고 다음 세계로 진입한 것 같은 느낌이 들었다. 정해진 일정을 지키지 않으면 모두에게 손가락질받을 테고, 능력을 의심받을 거라는 걱정은 나만의 것이었다. 나는 해방되었다.

요즘 나의 하루는 끝나지 않고 보이지 않는다. 2020년 1월 15일 밤 11시 16분의 내 마음은 이렇다. 오랜만의 마음 정리. 끝.

→ 그해 난 〈Lover〉와 〈Kiss〉라는 곡을 발표할 수 있었다.

혼술과 장면들

나이를 먹을수록 혼자 술 마시는 것이 편하다. 가끔 마음먹은 것보다 더 마시게 되어 당황스러울 때도 있지만, 생각해보면 그조차도 혼자 마시는 거니 괜찮은 것 같다. 마시다 보면 사실 술의 양보다는 감정의 양이 넘쳐 뭉툭하게 뭉쳐있던 다양한 감정이 삐죽 삐져나와 그 모서리에 마음이 이리저리 찔리는 느낌을 받는다. 그리고 좀 더 예민해진 감각으로 좋아하는 음악과 영화를 즐기면 평소 발견하지 못했던 작품 속 숨은 표정을 더 잘 읽을 수 있게 된다. (여차하면 바로 침대에 누워 쉴 수 있다는 것도 (큰) 매력이다.)

그동안 나는 술자리를 통해 다양한 사람들을 만났다. 하지만 내내 의문이 있었다. 과연 그 수많은 만남 속에서 서로가 속 깊은 대화를 나누며 위안을 가졌던 시간은 얼마나 될까. 그 시간 속의 나는 어떨 때는 지루한 얘기에 고개를 끄덕거리다 담배를 피우러 나가 잠시나마 해방감을 느꼈고, 어떤 날은 한껏 오른 기분에 헛소리를 해대다 기절하듯 잠든 적도 있었다. 때론 동료들과 내일의 계획을 도모하기도 하고, 성장이 덜 되어있지만 그래도 애는 착한 친한 친구들의 싸움을 말리기도 했다. 언젠가는 너무 기분이 좋은 나머지 "한 잔만 더!"를 외치다 결국 마지막 버스를 놓쳐 꼬박 세 시간을 걸어 집에 갔던 적도 있다. 택시비가 없어 고생했던 만취의 여정이 얼마나 서러웠던지…. 서러운 내 심정도 모르고 눈앞의 세상은 자꾸만 휘몰아치고 뒤집어져 몇 번이나 멈춰 토했던 기억이 난다.

'조금만 더 일찍 일어날걸. 왜 이렇게 자제력이 없냐. 20분만 일찍 나왔으면 됐는데.'

걷다 보면 언젠가는 도착하겠지. 죽지는 않을 거야, 라는 다짐과 후회를 반복했던 통곡의 귀갓길을 떠올리자 빠드드한 몸서리가 쳐졌다. 으, 다신 그렇게 안 마셔야지. 그리고 가장 아름다웠던 어떤 날도 떠올랐다. 눈 내리는 겨울밤, 공원에서 나누었던 첫 키스는 이 세상 무엇보다 따듯하고 아찔해서, 영하의 기온에도 추위는 하나도 느껴지지 않았던 기억이 난다. 두꺼운 옷이 겹쳐질 때마다 들리던 바스락거리는 소리, 한 발을 뗄 때마다 느껴지던 눈 쌓인 땅바닥의 푹신한 촉감, 신선한 알코올의 향 그리고 까만 눈동자. 그는 베이지색, 나는 검은색 외투를 입고 있었다. 그때는 몰랐다. 나 아닌 타인을 사랑하는 일이 어떤 의미를 가지는지, 사람과 사람이 서로 껴안고 입을 맞추는 것이 어떤 의미인지. 계절의 감각마저 마비시키는 온기의 교류는 서로의 영혼까지 만질 수 있다는 것을 그때 알았다. 낯선 상황들이 매일 벌어지던 그 여름과 겨울, 매 순간 나는 곧 버려질 검은 비닐봉지 같다고 느끼며 살았는데. 그렇게 영원히 어른이 될 수는 없을 거라고 생각했는데.

대화가 겉돌아도 상관없겠다. 술과 사람이 함께라면. 쓸데없는 농담과 웃음, 구애와 이별이 있다면 의미 있는 시간이 될 테니. 나에게 어떤 작은 마음이라도 주면 좋겠다. 지그시 서로의 눈을 가끔 마주치며 마음을 나누면 그걸로 족하다. 하지만 당분간은 혼술의 시간을 더 즐기려고 한다. 언제 다시 꺼낼지 모를 초점 나간 순간들을 연신 카메라를 들이대며 기록하던 아름다운 사람도 없거니와, 마음의 조각이 맞던 친구들은 죄다 나이가 들어버렸다. 혼자서 마시는 술이 좋고 편하다. 사랑하는 사람들이 보고 싶은 밤이다.

인사

생각해보니 이제껏 먼저 다가가 고백한 적이 없는 것
같다. 아니 없다. 30대 후반이 될 때까지도 호감이 있는
상대에게 "네가 좋아, 사귀고 싶어." 같은 말을 한 적이
없다니. 아, 물론 내가 잘나서가 절대 아니다. 이성 친구
가 주변에 많아서도 아니다. (나는 그저 방어기제가 센,
전형적인 너드nerd이면서 키 작은 남자일 뿐이다. 물론
나는 나를 너무 사랑한다.)

나는 꽤 오랜 시간 마음을 주고받으며 한번 얻은 마음
은 꽤 길게 유지한다. 지금까지의 연애 패턴을 보자면
3년, 12년, 현재 4년째로 긴 기간 동안 연애를 하는 편
에 속한다. 나는 금방 사랑에 빠지지 않는 경계심 많은
타입으로, 쉽게 사람을 좋아하지 않고 천천히 오랜 기
간을 두고 마음을 살핀다. 그리고 확신이 들면 그제야

마음을 연다. 장기 연애가 전적으로 좋은 방식이라고 말하는 것은 아니다. 나는 12년을 만난 사람과 헤어졌고, 친한 친구는 연애 6개월 만에 결혼했다.

사랑은 둘만의 고유한 것이다. 고유한 세계는 둘이 아니라면 알 수 없는 것들로 가득 차있다. 모든 연인들은 비밀스럽고 은밀한, 남들은 절대 갈 수 없는 곳으로 여행을 떠난다. 그 여행은 며칠에서 몇 달, 평생으로 이어지기도 한다. 그곳에서 서로는 각자의 언어를 배우고 체온을 확인하며, 새로운 세계를 만들어나간다. 한 달에서 두 달. 1년, 5년, 10년. 시간이 흐를수록 커지는 둘만의 세계는 허물어질 때 그만한 폐허로 남는다.

내가 장기 연애를 하며 알게 된 가장 큰 사실은, 둘의 관계가 정말 다양해질 수 있다는 것이다. 그것은 시간이 주는 선물이기도 했고, 때로는 서로를 파괴하는 가장 큰 이유가 되기도 했다.
설렘을 가득 안고 한껏 멋 부리며 떠난 여행에서 우리는 비포장도로를 달리기도, 비가 쏟아져 계획을 망치기도 한다. 처음과 달리 변하는 상대의 태도에 실망하기도 하고, 의외의 새로운 면을 발견할 때면 괜스레 웃음 짓기도 한다. 시간이 흐를수록 서로는 친구가 되기도,

형제가 되기도, 부모가 되기도 한다. 그리고 가족으로 묶이기도 한다. 그렇게 새로운 세계는 천천히 동네가 된다.

내 사랑엔 실패가 없었다. 그저 아름다운 폐허가 남았을 뿐이다. 한 가지 아쉬움이 있다면 먼저 말하고, 더 많이 표현할걸 하는 마음이다. 그래도 그런 너이기에 좋았다고 말해주던 사람이 떠올라 '고마웠어' 하고 인사를 보내본다.

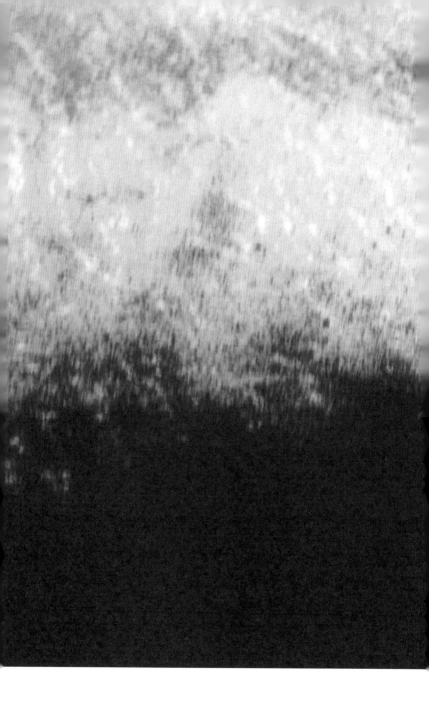

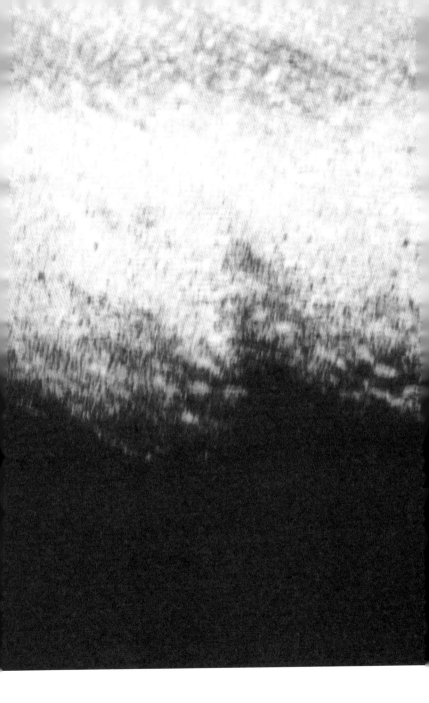

이상 반복 신호

음악을 만들고 앨범으로 완성하는 과정 중 두려운 것 하나가 있다. 한 노래를 지나치게 반복해 들으면 멜로디와 소리들이 이상하게 느껴져 더 이상 판단이 어려울 때가 온다. 갑자기 익숙했던 글자가 이상하고 낯설게 느껴지는, 흔히 '게슈탈트 붕괴 현상'이라고 불리는 그것과 비슷하다. 어떨 때는 도저히 무슨 음인지 알 수가 없어 노래할 때 아예 다른 음을 낼 때도 있는데 가끔 이것이 무슨 병처럼 느껴지기도 한다.

답답한 마음에 이런 증상이 무엇인지, 무슨 현상인지 알고 싶어 찾아보니 '의미 과포화'라는 말이 있었다. '단어와 같이 형태가 고정되어 있고 반복적인 신호가 계속 발생하면 신호에 대한 반응이 일시적으로 둔감해지면서 의미가 추출되지 않는 것.' 그렇다면 이미 고정되어

버린, 완성된 음악을 지나치게 반복해 듣는 방식을 바꾸어야 하는 것인가, 아님 내가 떠올리는 형태와 실제의 것이 달라 충돌해 생기는 현상인 것인가. 이번에도 역시 막바지 작업에 이르니 어김없이 모든 음악들이 이상하게 들린다. 이렇게 된 이상 어쩔 수 없다. 이전의 나를 믿는 수밖에.

밤이 되면 쉴 새 없이 고양이가 운다. 예전 같으면 소름이 끼쳤을 텐데, 고양이에게 이름 모를 애정이 생긴 후부터는 전혀 거슬림이 없다. 여전히 울음 소리는 시끄럽지만. 지난여름 이사한 이곳은 1층인 데다 빌라여서 창밖의 소리가 잘 들린다. 고양이 울음 소리는 물론 음식 배달 오토바이의 배기음, 부부 싸움의 내용, 화장실 물 내려가는 소리까지, 듣고 싶지 않아도 자연스럽게 흐르듯 들려온다. 불쾌할 정도의 큰 볼륨으로 영화를 보는 사람도 있다. 전쟁 영화라도 볼 때면 내 방까지 총소리가 난무하는 전쟁터가 된다. 그 사람은 쉽게 잠들지 못하는지, 엄청난 수류탄 터지는 소리와 비명이 동틀 무렵까지 이어진 적도 있다.

그러고 보니 요즘 음악가로 추측되는 이웃의 소리가 들리지 않는다. 그의 위치는 옆 건물 어딘가일 것이다. 어느 날은 여덟 마디의 드럼 비트가 몇 시간 동안 흐르기도 하고, 기타 솔로를 연습하는 소리가 들리기도 했다. 곡이 완성되고 멜로디를 흥얼거리는 목소리가 들리기도 했는데, 겨울이 되니 조용하다. 한파로 인해 창문을 닫았는지, 다른 곳으로 이사를 간 것인지 모르겠다. 내가 조금만 과감한 사람이었다면 나의 신호도 보내보는 건데. 잘 들리냐고, 어떻게 들리냐고.

당해낼 만한 생활

친구는 심드렁한 표정을 하고 미간에 주름까지 잡아가며 말했다. "다행히 내겐 이제껏 감당할 만한 일들만 일어난 것 같고, 그래서인지 적당히 하는 사람이 된 것만 같아. 그게 내 문제인 걸까. 실은 난 살면서 큰 노력을 안 했는데, 하는 일마다 어느 정도의 성과가 항상 생겨났거든. 그게 누구보다 엄청나게 앞서간다거나 그렇지는 않았지만 말이야. 또 인생에서 좌절할 만한 큰일도 벌어지지 않았고. 뭔가 항상 그렇단 말이야, 나는."

그는 자신이 현재의 모습으로 살고 있는 이유, 그러니까 특출난 것 없는 자신의 지금 모습이 썩 만족스럽지가 않은데, 이런 결과를 가져온 이유가 지금까지 인생에서 큰 실패를 겪은 적이 없고, 어쩌다 보니 적당한 기회가 걸려들어 꾸역꾸역 잔걸음으로 인생을 걸어나가고 있다는 얘기였다. 그는 자신이 그런 이유로 '적당한' 인간이 된 것 같다며, 좀 다른 이벤트들이 자신의 인생에 뿌려졌다면 더 잘될 수도 있었을까, 라고 허탈하게 웃으며 중얼거렸다.

그의 이야기에 나 또한 어느 정도 공감할 수 있었다. 나역시 이제껏 적당한 결과를 내고 있었으니까. 물론 적당한 결과를 내는 데까지 아무런 노력도 하지 않고, 그저 운으로 왔다는 얘기는 아니다. 여기까지 오는 것도 쉽지 않았다. 한때는 어떻게 발버둥을 쳐도 아무도 우리의 음악을 들어주지 않아서 매달 천 원도 안 나오는 저작권료를 보며 절망하기도 했고, 내 음반을 내줄 음반사는 세상에 없을 거라 생각한 적도 있다.

그러다 조금씩 상황이 나아졌고, 이제 누가 들어주나, 어디서 음반을 내나 같은 걱정은 하지 않아도 되는 처지가 되었다. 하지만 언젠가부터 그 이상으로의 발돋움이 쉽게 되지 않는 듯했다. 어쩌면 나에게도 죽을힘을 다하지 않아도 되는, 딱 그 정도의 노력이 필요한 감당해낼 만한 일들만 벌어졌기 때문일까? 엄청난 영광과 인기를 누리는 사람들은 어떤 정도의 위기를 돌파하고 이겨낸 걸까. 거대한 위기를 극복할 수 있는 초월의 힘을 그들은 가지고 있는 건가.

한참 물음이 꼬리에 꼬리를 물다 이건 정말 쓸데없는 고민이라는 결론에 도달했다. 그리고 친구에게 말했다. "너의 인생에 고난이 지금보다 많았더라면 남들보다 더 큰 노력을 기울일 수밖에 없는 상황에 놓였겠지만, 지금까지 내가 바라본 넌 남들에게 피해 끼치는 것을 싫어하고, 취직이나 연애, 캠핑도 하면서 삶의 빈틈을 즐겁게 채우고 있잖아. 네가 느끼기에 매일의 속도가 느려 지겨울지는 몰라도, 내가 볼 땐 넌 인생이라는 계단을 안전하게 하나씩 올라가고 있는 어른 같아." 친구는 나를 가만히 바라보았다. 아마도 자신의 모습을 나에게서 찾고 있는 듯했다. 그 표정은 마치 '병선아, 너도 그래', 라고 말하는 듯해 묘한 안도를 안겨주었다.

그리고 나는 말을 이었다. 이제껏 네 삶에 '큰일'이 일어나지 않은 것은 정말 행운이라고. 집이 한순간 망해 살 곳이 없어진다거나, 고치지 못하는 불치병에 걸린다거나 하는, 정말 떠올리기도 싫은 그런 불행들이 우리에게 찾아오지 않은 건 정말 감사한 일이라고. 그러니 정신 차리고 살라고. 실은 나 스스로에게 하는 말이었다. 감당해내지 못할 일들은 벌어지지 않았으면 좋겠다고. 인생에게 부탁하고 있었다.

지금까지 많은 굴곡이 있었고, 앞으로도 다양한 고난이 계속 이어질 거라는 걸 안다. 하지만 지금까지 그래왔듯 잘 해결할 것이고, 방법을 찾을 것이다. 우리가 가진 삶의 태도를 자주 쓰다듬으면서.

눈이 오는 날

눈이 올 때 좋았던 건
내 일상의 풍경이 하얗게 가려져
낯섦이 느껴져서이다.
새 옷을 입은 나무와 자동차와
푹신하게 닿는 발걸음도,
같은 가게로 커피를 사러 다녀와도
여행 같은 기분이 든다.
눈발이라도 휘날릴 때면 눈을 찡긋거리며
어쩐지 달짝지근한 공기를 들이마시며
내내 웃음 지으며 걷기도 한다.
서서히 젖어가는 것도 알아채지 못한 채.
뒤를 돌아보니 규칙적인 걸음에
맞춰 걸어온 길이 보인다.

그 옆에는 사람들이 지나간 길이
때론 엇갈리며
때론 그 길을 내 발자국으로 덮어가며
자유로운 걸음의 모양이 나있다.

사람들의 발자국을 가만히 보고 서있는다.
우리는 여전히 걷는다, 라며
그러니 앞에 잘 보고 살펴 가, 라며
다정하지만 녹아버릴 것들이
금세 덮여 사라져버릴 것들이 남아있다.

점퍼 지퍼를 목까지 당기자
뜨거운 나의 숨이 옷 속으로 훅하고 들어온다.
사람들의 발자국을 신경 쓰지 않고
나의 목적지를 향해 걸음을 계속한다.

눈이 오는 날,
쌓여간다.

이제는 낯설어진 것들이다.

오늘은 맑음

"사랑해~~ 애~"

비 내리는 소리가 좋아 방의 창을 반쯤 열어두었는데, 한 아이의 맑은 목소리가 동네에 울려퍼졌다. 그리고 이어서 한 여성의 응답이 들렸다.

"나도~~ 오. 많~ 이 많이 사랑해!"

이 짧은 대화만으로 그들이 어떤 사이인지, 어떤 상황인지 정확히 알 수는 없지만 그 풍경은 정말 다정하고 아름다웠으리라. 틀림없이 여성은 활짝 웃는 표정으로 아이의 작아지는 뒷모습을 지켜보았을 것이다. 종일 비가 내려 어둑한 오후가 찰나의 소리로 이리도 환해질 수 있다니. 최근 들어 내 마음의 구김이 가장 확실하게 펴진 순간이었다. 나는 이 기분을 놓치기 싫어 얼른 책 한 권을 꺼냈다. 충동적 책 읽기란 평소에는 선뜻 엄두가 나지 않던 일이었다.

요즘 들어 일상이 주는 치유의 힘이란 얼마나 대단한 것인가에 대해 느끼는 중이다. 아침에 일어나 침대를 단정히 하고, 하루에 한 끼는 단출하더라도 스스로 밥을 지어 먹고 또 핸드폰을 멀리하고 계절의 변화를 관찰해보는 일이 루틴이 되었다. 얼마 전부터 습관을 하나둘씩 늘리고 있는데 그 이유는 명확했다. 행복해지기 위해서. 나란 사람은 안정으로부터 새로운 영감이 샘솟고, 작은 화분 몇 개를 살피는 순간이 쌓여 삶의 뿌리를 만지는 일로 귀결됨을, 나에게 삶의 만족은 저 멀리에 있는 허상을 좇는 일이 아니라 눈부신 현실을 발견할 때 찾을 수 있는 거라는 걸 알게 되었다. 행복은 내가 어떻게 살 것인지, 어떻게 삶을 매만질지 하는 선택에 달린 일이었다.

나는 그동안 스스로에 대해 철저히 무심했다. 우울을 친구라 여기고 그 기운이 나라는 사람을 이루고 있는 기본이라 믿으며 내 음악의 자양분이 된다고 여겼다. 20대와

30대를 지나는 동안 불안이라는 감정은 자꾸만 잘라내도 어김없이 자라나는 손톱 같은 존재였다. 때때로 견디기 힘들 때면 여행을 떠나거나 '릴랙스'라 이름 붙인 초를 켜고, 괜찮아질 거라고 스스로를 달래며 그저 불안한 시간이 흐르기만을 기다렸다. 사람마다 예민하게 반응하는 감각기관이 다르게 주어졌다면, 나에게는 필시 불안이라는 감정 감지 센서가 최고 사양으로 탑재된 듯했다. 이만하니 내 고유의 특성이라 생각할 정도였다. 이런 생각이 전혀 틀린 것도 아닌 것이, 불면의 시간에 쓰인 노래들이 많다. 감정의 그림자는 흰 도화지 같은 음악에 물감이 되어주고 때로는 음악가로서의 나를 설명하는 음표가 되었다.

그러나 이 확신이 깨진 건 어느 날, 감정의 균형을 잃어 꽤 오래 비틀댄 경험을 한 후부터이다. 그간 불안과 우울의 사이클은 시간이 지나면 자연스럽게 나아졌지만 당시에는 일주일이 지났는데도 여전히 깊은 바닥으로 꺼져만 갔다. 덩달아 삶의 의욕까지 상실하는 지경에 이르자 일상의 시계도 멈춰버렸다. 노래하고 싶은 마음은커녕, 그 어떤 재밌다는 영상을 보아도 웃음이 나오지 않았고 어떤 음식을 먹어도 맛이 느껴지지 않았다. 병든 마음은 곧 몸을 지배했다. 계속해서 약속을 취소했고, 생각이 확장되는 것이 싫어 낮에도 커튼을 쳤다.

그렇게 일주일에서 한 달, 그리고 반년 가까이 염세에 빠진 스스로가 진저리쳐질 때쯤 알게 되었다. 우울을 노래하는 것과 품고 사는 것은 전혀 다른 이야기라는 것을. 더 이상 스스로를 모른 체할 수 없었다. 스스로에게 물었다. 정말 우울이 너의 것이 맞느냐고. 불안이나 우울 같은 것들이 너의 삶을 나아가게 했느냐고. 마음속의 답은 망설임 없이 돌아왔다.

'아니.'

나를 살게 했던 것은 바로 극복의 경험이었다. 그것은 어둠 속을 지나온 기억이었다. 가로등 하나 없는 어둠의 순간에도 마침내 동트는 순간을 맞이하게 될 거라는 작은 희망은 바람 앞에 위태로운 촛불처럼 미약하지만 빛을 발했다. '눈부실 정도의 환한 빛이 아니어도 괜찮아. 희미한 빛이라도 새어들면 주변을 더듬거리며 지나가면 돼. 곧 벗어나게 될 거야.' 도무지 나아지지 않는 것 같은 이 지긋지긋한 현실을 꽉 껴안을 수 있었던 건 내일로 가고자 하는 애씀을 끝까지 잃지 않은 노력 덕분이었다.

나는 새로운 마음가짐으로 하루를 살기 시작했다. 그리

고 내가 누구인지 조금씩 알게 되었다. 나는 쉽사리 달아나지 않는 것들을 좋아하는 사람이었다. 당연하게 여기지만 당연하지 않은 것들. 예를 들면 작은 노력으로 가질 수 있는 깨끗한 책상 같은 삶의 풍경들 말이다.

커튼을 걷으니 방바닥에 햇빛이 닿는다. 긴 겨울 끝에 봄이 내리고 있었다. 생각한다. 행복이란 거…. 정의할 순 없겠지만 어쩌면 지금 이 순간과 닮아있지 않겠느냐고. 처음부터 사방에 존재해왔던 세상의 빛 같은 거. 이제는 알뜰히 모아가며 마음속 깊이 새길 것이다. 오늘은 맑음. 요즘 나의 날씨는 그렇다.

끝이 두려운 나는 애써 모른 척하던 일이 많았습니다.

'끝'은 내가 가장 마지막까지 외면한 일입니다.

사랑했다고 전하고 싶습니다.

사랑하시라고도.

남길 것은 이 말뿐입니다.

지난 마음이 지나가던 날

마치며

눈뜨고 일어나 별일이 없다면 창문을 열어 환기를 시킨다. 밤새 집 안에 머물던 공기가 답답하게 느껴지기 때문이다. 밖의 공기를 코로 들이마셔야 그제야 정신이 들어 하루를 시작할 수 있고, 차 다니는 소리나 사람 소리가 들려야 나 역시 이곳에 발붙이고 사는 기분이 들어 안심이 된다. 공기의 질 따위는 전혀 문제가 되지 않으므로 '오늘의 미세먼지 농도' 수치를 확인하는 일은 거의 없다.

이 책을 완성하기까지 몇 번의 계절을 거쳤는지 모르겠다. 처음 1년은 마음을 더 예쁘게 담고 싶어 애쓰다 면 일처럼 느껴져 포기했고, 다음 해에는 음악 일에 지독한 슬럼프가 찾아와 모든 일이 무의미하다 느껴져 지지부진한 글쓰기를 이어갔다. 글쓰기는 내 것이 아니구나,

라는 생각에 포기하고 싶은 때도 있었는데, 비가 내리던 어느 날 김민경 편집자가 해바라기 꽃다발을 건네주며 글쓰기를 멈추지 않게 용기를 내도록 해주었다. 그에게 감사를 전하고 싶다. 덕분에 이 책의 끝이 존재하게 되었다고 생각한다.

지난 4년간 내 삶은 이상하리만큼 많은 변화가 있었다. 세 번의 이사를 거쳤고, 고양이와 살게 되었으며, 커피를 쏟아 노트북이 망가지는 바람에 지금은 세 번째 노트북을 켜고 이 글을 쓰고 있다. 열어둔 창으로 전해지는 찬 공기가 새삼스럽다. 지난여름의 타들어갈 것 같던 열기와 뜨겁다 못해 녹아내릴 듯한 사나운 기운은 이제 땅속으로 숨어버린 걸까. 그렇다면 이제 '평온을 찾게 되는 걸까' 하고 잠시 기대하다가 그러한 바람은 욕심이거나 자연스럽지 못한 일이라 여기고 다시 마음을 여민다. 사람의 마음도 계절과 같이 뜨거워졌다 차가워졌다를 반복하는 것이 삶이라고, 우리들의 생활이라고 생각하며. 끝으로 긴 이야기를 기꺼이 들어준 분들께, 그리고 내게 사랑을 알려준 모든 분들께 조용하고 작은 마음을 전한다.

'그래도 여전히, 믿고 싶은 것들이 있지요.'